KB076945

이빨자국

이빨자국

2019년 6월 17일 개정판 제1쇄 발행
2019년 10월 14일 개정판 제2쇄 발행

지은이   조재도
펴낸이   강봉구

펴낸곳   작은숲출판사
등록번호   제406－2013－0000801호
주소   10880 경기도 파주시 신촌로 21－30(신촌동)
전화   070－4067－8560
팩스   0505－499－8560
홈페이지   http://cafe.daum.net/littelf2010
블로그   http://littlef2010.blog.me
이메일   littlef2010@daum.net

©조재도

ISBN 979－11－6035－069－2   43810
값은 뒤표지에 있습니다.

이빨자국

조재도 글

차례

아버지

아버지한테서 왈칵 술 냄새가 났다.

어제 아침 마을 이장이 윗동네에 초상이 났다는 방송을 했는데 아마도 거기 다녀오시는 것 같았다.

마당을 가로질러 마루로 향하는 아버지의 발걸음이 비틀거렸다. 그런 아버지의 모습을 보면 내 가슴이 바람 맞은 문풍지처럼 펄럭거린다. 술만 드셨다 하면 아버지는 내게 일장 연설을 늘어놓기 때문이다.

"엄마 어디 갔니?"

마루에 철푸덕 주저앉으며 아버지가 물었다. 내가 아무 말도 안 하자,

"어메 어디 갔어?"

아버지가 소리를 빽 질렀다. 순간 내 목이 움찔했다. 나도 엄마

가 어딜 갔는지 모른다.

"교회 갔겠죠."

나도 모르게 내 목소리가 부어올랐다.

"교회?"

아버지가 손목에 찬 시계를 보았다.

우리 동네엔 교회가 하나 있다. 마을 입구 산 아래에 있는 조그만 교회다. 그동안 목사님이 여러 번 바뀌었지만 신도 수는 열댓 명 남짓 그대로다.

엄마는 동네에 있는 교회에 다녔다. 진짜 하느님이 있는지 없는지 알 게 뭐냐면서도 일요일이면 엄마는 교회에 가려고 했다.

"승재야, 너 이리 좀 와."

"왜요?"

"글쎄, 이리 좀 오라니까!"

아버지가 대뜸 눈을 부라렸다. 커다래진 눈망울 속에 검은 눈동자가 이리저리 굴러다녔다.

나는 마지못해 아버지 곁으로 갔다. 크억! 아버지가 게트림을 했다. 썩은 시궁창 냄새가 났다. 나도 모르게 숨을 딱 멈추었다.

아버지가 내 손을 잡았다. 뜨거웠다. 나무껍질 같이 거친 손의 감촉이 내 손에 전해졌다. 거북했다. 나는 참았던 숨을 살그머니 내쉬며 손을 빼려고 했다. 그러자 아버지가 손아귀에 힘을 꼭 주어 더 세게 잡았다.

"승재야, 너도 알지?"

아버지 말에 나는 속으로 칫, 또 시작이군, 했다.

'말 안 해도 다 알아요. 이게 뭐 한두 번 일인가?'

이런 말이 목구멍에까지 치밀고 올라왔지만 나는 꾹 눌러 참
았다.

"네가 잘 허야 헌다. 음, 네가 잘 허야 혀."

아버지의 목소리가 반쯤 꼬여 있다.

"너도 알다시피 우리 집을 한 번 봐라. 너 바로 위 승모는 이
미 그렇게 됐지, 네 큰형 승운이는 또 저렇지, 네가 우리 집 기둥
이여. 네가 잘 허냐 못 허냐에 따라 앞으로 우리 집 가세(家勢)도
달라져, 임마! 알아들어?"

아버지가 입가에 흘러내린 침을 닦으며 말했다. 그러면서 헛
간채 추녀 밑에 서 있는 큰형을 가리켰다. 형은 아버지 말을 알
아듣는지 어떤지 한쪽 팔을 바지 주머니에 넣은 채 빙긋이 웃고
있다.

"너 일학년 때 늬 반이서 몇 등이나 했니? 너 십 등 안에두 못
들었지? 미친 눔. 그걸 공부라고 허니? 왜 남들처럼 일등을 못
혀? 까짓 것 한 번 죽기 살기로 달려들면 왜 못 혀? 너, 그따위로
헐 거면 핵교 그만 둬."

아버지가 가래침을 칵 마당에 뱉었다.

나는 아무 소리 안 하고 빨리 이 시간이 지나가기만 바랐다. 이런 때 누구라도 와 주었으면 좋으련만, 집 앞으로 지나는 사람 하나 없다.

아버지의 잔소리는 한도 끝도 없이 이어졌다. 앞서 한 말을 하고 또 하는 식이었다. 결국 엄마 아버지가 이렇게 고생하는 것은 다 나를 위해서라는 것과, 큰형은 태어날 길 저렇게 태어났으니 어쩔 수 없지 않느냐는 것, 그래서 더욱 내가 공부를 잘 해야 한다는 것이다.

이런 말을 들으면 정말 왕짜증난다. 그것도 한두 번이라야지 술만 드셨다 하면 이건 정말 자동으로 돌아가는 녹음테이프다.

그리고 또 아무리 큰형이 장애인이라지만, 그걸 왜 내 공부하고 결부시킨단 말인가?

내가 아무 말도 하지 않자 아버지가 눈을 치떠 나를 노려보았다.

"너 왜 대답이 없니? 그려 안 그려 이 자식아."

아버지가 눈을 꿈먹대며 나를 올려다보았다.

나는 건성으로 예 예, 알았어요, 하며 아버지 곁을 물러났다.

그때 엄마가 뒤꼍에서 나왔다. 엄마는 큰 고무함지에 열무를 한 다발 솎아 들고 있다. 엄마를 보자 큰형이 입을 벌린 채 으으

으 하며 손가락으로 입속을 가리켰다. 밥 달라는 소리였다.

"그려. 조금 있다 밥 먹자."

엄마가 열무 다발을 헛간에 놓았다.

"아니, 교회 안 갔어?"

아버지의 취기 묻은 소리에

"교회가 다 뭐여? 뒷삼밭 풀이 얼매나 우거졌는지 몰러. 테레비 일기예보에 이따 저녁때부터 비 온다고 했쌌더먼, 비 오면 구적거려 풀도 못 매여. 지금 한 고랑이라도 긁어놔야지."

엄마가 부엌으로 들어가며 말했다.

내가 밖으로 나가려 하자,

"너 또 어디 가니? 저 늠으 새끼가 또 어딜 나가!"

그러면서 아버지가 나보고 이리 오라고 소리쳤다.

아버지는 마루 기둥에 몸을 기댄 채 먼 산 보기로 허공을 응시한 채 훌쩍거렸다.

"에그 쯧! 뭔 늠의 술을 저렇게 마셔. 저 위 초상집서 마신 게구먼. 아니, 술 마시고 집에 왔으면 방에 들어가 잠을 자든가 허야지, 왜 마루에 앉아서 울어?"

엄마가 이맛살을 찌푸리며 한 마디 하자,

"내 팔자가 하두 기맥혀서 그려. 새끼라고 있는 게 하나는 천하에 없는 상 병신이구, 또 하나는 허라는 공부는 안 허구 맨날 밖으로만 나돌아댕기니… 아이고, 내 팔자야."

아버지의 목소리가 신음처럼 떨렸다. 나는 밖으로 나가려던 걸음을 멈추고 엄마를 돌아다보았다. 엄마가 턱짓으로 나를 불렀다. 아버지를 부축해 방에 뉘자는 것이다.

"그런 얘긴 허지두 말어. 그런다고 죽은 애가 살아올 거? 죽은 자식 자꾸 불러봐야 마음만 아픈 거."

그렇게 말하는 엄마의 눈이 어느새 촉촉이 젖어 있다.

"어서 일어나기나 허유. 신세타령을 하더래두 방에 들어가 허야지, 이게 뭐여!"

엄마가 아버지의 어깨 밑에 손을 질러 넣었다. 나도 아버지를 부축했다.

"아이구, 승모야."

아버지가 울부짖다시피 승모 형을 불렀다.

"이 이가 미쳤나? 아, 그런다고 죽은 애가 살아 돌아와? 어서 일어나기나 혀. 동네 사람 보기 챙피해 죽겠구먼."

엄마가 나에게 찡긋 눈짓했다. 나와 엄마가 동시에 힘을 반짝 주었다. 아버지가 축 늘어진 채 따라 일어섰다. 나는 아버지 신발을 벗긴 후 거의 끌다시피 아버지를 방으로 옮겼다.

대낮인데도 방 안이 어두컴컴하다.

엄마가 요를 깔고 아버지를 바닥에 뉘었다.

우리 형

　나는 소리가 나도록 방문을 쾅 닫고 나왔다. 얼굴이 구겨진 종이처럼 찌푸려졌다. 일요일을 이렇게 망친다고 생각하니 여간 분통이 터지는 게 아니다.

　아까 만섭이 자식이 읍내 가자고 할 때 따라갈 걸, 하는 생각이 굴뚝 같이 솟는다. 만섭이는 우리 동네 사는 나하고 가장 친한 친구다. 우리 동네에 중학교 2학년 아이는 나와 박만섭 둘밖에 없다.

　엄마가 점심을 먹자고 했다.

　이른 봄이라 날씨가 쌀쌀했지만 그래도 우리는 점심을 마루에서 먹었다.

　밥상을 가져다 놓았는데도 형은 헛간 추녀 밑에서 올 생각을 하지 않는다. 아까부터 형은 한 시간도 더 넘게 그 자리에 붙박힌 듯 서 있다. 고개를 수그린 채 손톱만 물어뜯는다.

"승운아, 어서 와 밥 먹어."

엄마가 부르고도 한참 지나서야 형이 비척비척 걸어온다. 오른손을 오그려 가슴에 꼭 붙이고 걷는데 몸이 한쪽으로 자꾸 쏠린다.

형은 말을 못하는 벙어리에 한쪽 몸을 쓰지 못했다. 말을 완전히 못하는 건 아니지만 (엄마라는 말만 했다), 성한 사람처럼 의사소통을 할 수 없었고, 몸이 한쪽만 성하다 보니 일은 커녕 걸음도 제대로 걷지 못했다.

게다가 정신 또한 온전치 못해서 여러 일을 저질렀다. 간단한 말귀는 알아들었으나 그것을 행동으로 옮기는 데는 몸이 몹시 굼떴다. 방에 들어올 때 방문을 열고 들어오긴 했으나 금방 문을 닫지 못하는 그런 식이었다.

그런 형을 사람들은 정신박약에 반신불수라고 했다. 정신박약이라는 말은 대충 짐작할 수 있었지만, 반신불수라는 말은 무슨 뜻인지 어려웠다. 나는 사전을 찾아보았다. 사전에는 '뇌장애나 어떤 질병으로 인해 전신의 어느 반쪽이 감각기능을 잃어 뜻대로 움직이지 못하는 상태'라고 나와 있었다.

형이 비척비척 걸어와 밥상머리에 앉았다. 상에 앉는데도 보통 사람처럼 한 번에 싹 앉는 게 아니라, 한동안 주춤거리다 엄마가 손을 잡아 주어야 겨우 앉는다.

엄마가 밥사발과 찌개 그릇을 형 턱 밑에 바짝 밀어주었다. 밥을 먹을 때마다 입에 넣는 것만큼이나 흘리는 게 많아서이다. 형이 숟가락을 들고 밥을 퍼 입에 넣었다. 밥과 찌개 국물이 입가로 흘러 금세 턱밑이 지저분해졌다.

"에그 자식, 밥 하나두 제대로 못 먹구."

엄마가 숟가락으로 흘린 밥알을 쓸어 밥그릇에 담았다. 그러자 형이 으아 소리를 지르며 눈을 부라린 채 엄마를 때리려고 했다.

"김치허구나 먹어."

엄마가 찌개 그릇을 상 밑에 내려놓았다. 형이 손가락으로 어어어 하며 찌개 그릇을 가리켰다.

"찌개는 이따 저녁에 먹구 지금은 김치허구 먹어."

엄마가 한숨을 쉬며 말하자 형이 머리를 쌀래쌀래 내젓는다. 그러면서 큰 소리로 어어어 소리치며 찌개 그릇을 움켜쥔다.

"병신, 갑치고 있네."

엄마가 울화통이 치밀어 형을 노려보았다. 그럴수록 형은 성질을 부리며 어어어 소리친다.

밥 먹을 때마다 이런 식이다. 그래서 아버지와 함께 밥을 먹을 때면 형은 늘 따로 조그만 상에 밥을 차려 주었다.

형이 밥과 김치를 입이 미어터지게 퍼 넣는다. 씹는 둥 마는 둥 몇 번 우물거리다 이내 꿀꺽 삼킨다. 입 언저리가 김치 국물이 흘러내려 벌겋다.

꾸역꾸역 밥을 삼키던 형이 급기야 껄떡껄떡 딸꾹질 한다. 쉬지 않고 밥을 퍼 넣었으니 목이 막힌 게 분명하다.

"승재야, 너 가서 물 좀 떠와."

엄마가 밥사발 하나를 비워 주며 말했다. 나는 아무 말 없이 핑 일어나 뒤꼍 수돗가에 가 물을 떠 왔다. 한 모금 마셔 보니 잇뿌리가 시릴 정도로 물이 차다.

형이 소처럼 벌컥벌컥 물을 들이켠다.

나는 내 방으로 왔다.

내 방은 안채와 떨어져 있는 사랑채에 있다. 사랑채에 방이 두 개 있는데 하나는 내가 쓰고, 다른 하나에는 살림에 필요한 일용품들을 넣어 두었다.

책상에 작년 봄에 승모 형이랑 찍은 사진이 놓여 있다. 승모 형이 물에 빠져 죽은 게 작년 여름방학 때의 일이니, 나하고 승모 형하고 찍은 사진 중 가장 최근의 것이다.

집 앞 버스 정거장 느티나무 아래에서 둘이 폼 잡고 찍은 사진이다. 마치 권투선수처럼 한 손은 주먹을 불끈 쥐고 다른 손은 서로의 어깨를 감싸 안았다.

형이 사진 속에서 이빨을 가지런히 드러낸 채 웃고 있다. 형의 웃음소리가 들리는 듯하다.

나에겐 형이 둘 있었다. 맨 위 큰형이 구승운. 큰형은 앞서 말한 대로 장애인이다. 나이가 19살인데, 정상인으로 학교에 다녔으면 아마 고3이나 대학생쯤 되었을 거다.

엄마 말에 의하면 큰형은 태어나 한 달도 못 되어 경기(驚氣)가 있었다고 한다. 그러자 동네 할아버지에게 침을 맞혔고, 그게 잘못되어서인지 커가면서 장애인이 되었다고 했다.

그리고 둘째 형 구승모. 승모 형은 나보다 세 살 위인 고2이었다. 형은 읍내에 있는 인문계 학교에 3년 장학생으로 입학했다. 중학교는 내가 지금 다니고 있는 남양중학교를 나왔는데, 형은 거기에서 줄곧 우등생 자리를 놓치지 않았다.

공부뿐만 아니라 형은 운동에도 만능이었다. 달리기 축구 농구는 말할 것도 없고 권투를 좋아해 집 뒤 감나무 가지에 샌드백을 매달아 놓고 두드려대기도 했다.

그러니 자연 형은 우리 집의 희망이자 대들보였다. 마을 사람들은 우리 집을 아예 승모네 집이라고 했고, 이따금 친척들이 집에 오면 나는 거들떠보지도 않고 승모 형한테만, 너 공부 잘 한다지?, 하며 용돈도 주고 칭찬을 아끼지 않았다.

그런 형을 누구보다 자랑스러워 한 이는 아버지였다. 아버지는 장애인인 큰형에게서 받은 마음의 상처를 작은형을 통해 보상받으려고 했다. 겉으로 표 나게 그런 건 아니지만 아버지의 승모 형에 대한 기대는 정말 각별했으며, 승모 형은 실제로 공부뿐만 아니라 다른 면에서도 아버지의 기대심리를 충분히 채워주고도 남았다.

그런 승모 형이 어이없게도, 정말 어이없게도, 작년 여름방학 때 읍내 저수지에서 물에 빠져 죽은 것이다. 읍내 외곽에 농수용 저수지가 있는데, 한가운데가 아니면 어른들 가슴께도 차지 못할 만큼 수심이 얕은 곳이었다.

같이 수영한 형 친구들 말에 의하면 형은 깊은 데 들어간 것도 아니라고 했다. 그런데 형의 시신은 저수지 한가운데에서 건져 올려졌다. 사람들은 물가에서 심장마비로 죽은 형이 저수지 경사면을 따라 안으로 굴러들어갔을 거라고 했다.

그때 나는 죽은 사람 모습을 처음 보았다. 푸르딩딩한 몸에 형의 배는 착 가라앉아 등에 달라붙었고, 갈비뼈들이 빨래판처럼 선명히 드러나 있었다.

물에서 건져 올린 형을 보자마자 엄마는 그 자리에서 혼절했다. 아버지도 다리가 꺾인 듯 털썩 주저앉더니 한동안 일어나지 못했다.

사진을 보고 있으면 그때 그 형의 모습이 생각난다. 형과 함께 했던 여러 기억 가운데 유독 형의 죽은 모습이 영화의 한 장면처럼 클로즈 업 되어 남아 있는 것이다.

나는 형의 사진을 버리려고도 하였다. 그런데 아직까지 못 버리고 있다. 내가 사진을 버리면 형이 나한테서 영원히 떠나갈 것만 같아서이다.

형 사진을 보고 있는데 엄마가 들어왔다.

엄마 손에 쟁반이 들려 있다. 가래떡과 꿀을 가져왔다.

"먹어 봐라."

엄마가 접시를 내 앞으로 밀었다.

"웬 떡여?"

"지난 설 때 한 겨. 냉동실에 두었다 이렇게 쪄 먹으면 여간 좋은 게 아녀. 일 년 열두 달 가도 까딱없어."

엄마가 가래떡에 꿀을 찍어 나에게 주었다. 입안에 아카시아 꿀 향기가 상긋하게 퍼진다.

"옛날에, 승운이 배고 얼마 안 돼서다."

엄마가 큰형에 대해 한숨을 쉬며 말했다. 엄마의 눈길이 오래된 옛일을 더듬는 듯 아련해졌다.

"저기 저 용두리 가는 길에 외할아버지네 밭 있잖니? 어려서 승운이 뱄을 땐디, 아, 하루는 꿈속에서 바람이 불고 비가 쏟아지고 난리두 아녀. 해서 내일 아침 일찍 일어나 호두 줏으러 가야지, 그렇게 생각허다 진짜 호두를 줏으러 갔어. 지금두 왜 외

할아버지네 밭가에 호두나무 서 있잖남? 가서 보니께 진짜 바람에 호두가 얼마나 많이 떨어졌는지 여기두 호두 저기두 호두여. 그래 정신없이 주워서 대야에 담았지. 그리구 집이 와 까 보니께 이게 웬 일이라니? 호두 속이 다 비어 있어. 하나두 성한 게 없이 속이 다 비었어. 그래 참 이상도 허다 이상도 혀, 하다 꿈을 깼는디…."

그런 꿈을 꾸고 낳은 게 큰형이라고 했다.

꿈이 그래서 그런지 사람도 저렇게 모자란다고 엄마가 속 깊이 한숨을 쉬었다.

엄마의 눈가 주름살이 깊어 보였다.

나도 모르게 콧잔등이 시큰했다.

실내화 축구

읍내 가는 첫차는 7시에 있다.

학교에 늦지 않으려면 그 차를 타야 한다. 다음 차가 8시에 있
는데, 그 차 타면 지각이다.

정거장에 사람들이 몰려 있다. 마을 이장인 신주만 아저씨도
나와 있다. 저마다 짐 보따리를 한 아름씩 들고 있다. 그러고 보
니 오늘이 장날이다. 2일과 7일에 읍내 장이 서는데 오늘이 바로
그 날인 것이다.

동네 어른들께 냉큼 허리를 꺾어 인사했다.

만섭이도 동네 사람들 틈에 끼어 있다.

버스가 왔다. 버스는 이미 다른 마을 장꾼들을 태워 뒷좌석까
지 만원이다. 어른들이 다 타고 난 후 나와 만섭이가 제일 꼴찌
로 올랐다.

버스가 구불구불한 시멘트 포장길을 달린다. 버스는 우리 마을 윗동네인 매곡리에서 출발하여 학교가 있는 남양면 소재지를 지나 청양까지 간다.

차 안은 짐 보따리와 사람이 뒤엉켜 발 딛을 틈조차 없다. 다른 때 같으면 여학생과 남학생이 서로 떨어져 앉지만, 오늘만큼은 그럴 수 없다. 어른들께 자리를 양보하고 학생들은 모두 서서 간다. 그러니 남학생과 여학생이 서로 뒤엉키기 마련이다.

"어제 읍내 가서 재밌었냐?"

내 말에

"어, 우리 반 이종민 있지? 걔 불러내 놀았어."

만섭이가 말했다.

"이종민? 걔랑 뭐했는데?"

"그냥 읍내 돌아다녔어. 피씨 방 가서 게임도 하고."

"종민이가 너네 반 반장이니?"

"아냐, 부반장이야. 반장 나왔다 떨어졌어. 네 표 차로."

시끌벅적한 소리에 만섭의 목소리가 잘 들리지 않았다.

버스가 서는 곳마다 사람들이 미어지게 올라탄다. 짐까지 들고 타는 바람에 사람 몸이 갈수록 짜부라진다. 뒤에 있는 여고생의 가슴이 내 등에 딱 닿는다. 뭉클한 가슴이 사정없이 등을 짓누른다. 나는 나도 모르게 그만 얼굴이 화끈대며 숨이 콱 막힌다.

버스가 산모퉁이를 돌며 기우뚱하자 버스 안이 다시 한번 요동친다. 오른쪽으로 쏠리던 버스가 갑자기 왼쪽으로 쏠리면서 사람들이 우르르 한쪽으로 몰린다. 꺅! 여학생들이 새된 비명을 지른다. 나도 얼른 손잡이를 고쳐 잡는다. 장날마다 읍내 버스는 이렇게 복잡하다. 누가 차 안에서 방귀 뀌었느냐는 어느 할아버지의 호통에 차 안이 금세 웃음바다가 된다.

학교 앞에서 우르르 아이들이 내린다.

그제야 버스 안이 헐렁해지며 숨을 좀 쉴 만하다.

우린 차에서 내려 비포장 길을 걸었다. 학교가 찻길에서 떨어져 있고 진입로가 포장이 안 된 흙길이다.

학교 앞 문방구에 아이들이 몰려 있다. 둠벙의 송사리 떼 같다. 군것질을 하기도 하고 뽑기를 하기도 한다. 나와 만섭이는 그런 것에 아랑곳하지 않고 내처 교실까지 달렸다. 우리 반 교실은 이층에 있다. 시계를 보니 7시 30분. 아침 자습 시간까지는 오십 분이나 남았다.

아침마다 일찍 와 하는 것이 있다. 실내화 축구다. 선생님도 8시는 돼야 오시기 때문에 그때까지 마음 놓고 축구를 할 수 있다.

실내화 축구란 실내화 뒤꿈치를 칼로 동그랗게 오려 복도 이편과 저편에 골대를 세워 놓고 그걸 차며 노는 것이다.

처음엔 일찍 온 아이들 몇몇이 시작하지만 나중엔 반끼리 편을 갈라 하기도 한다. 교무실 쪽 복도에 망볼 아이 한 명만 세워 두면 선생이 올라올 때까지 할 수 있다.

만섭이가 자기 반 아이 한 명을 데리고 나왔다. 우리 반엔 아직 일찍 온 남자애가 없다.만섭에게 한 명 더 데려오라고 하자 우리 둘이 먼저 하라며 그가 빠졌다.

실내화 축구를 하고 있는데 아이들이 우르르 몰려들어 온다. 이제부터 잠깐 사이 아이들 대부분이 학교에 온다.

우린 곧 반끼리 편을 갈라 했다. 수업 끝나고 집에 갈 때 지는 편이 이기는 편에게 떡볶기 사주기다.

우린 정신없이 내달리며 실내화 볼을 찼다. 한 번 차면 초코파이만한 볼이 쏜살같이 쌩 나간다. 복도 벽에 대고 차면 탄력에 튕겨 나와 맞은 편 벽에 부딪치고, 그러다 또 어느 땐 팽이처럼 제자리에 서서 팽그르 돌기도 한다.

아침마다 하는 일이지만 이렇게 재미있는 것도 없다. 오 분도 채 안됐는데 벌써부터 숨이 차고 땀이 맺힌다.

우리 반 길상이가 볼을 몰고 오다 벽의 탄력을 이용해 나에게 패스했다. 나는 그 볼을 받아 잠시 멈춘 다음 상대방 골대를 향해 있는 힘껏 내찼다. 실내화 볼이 빨랫줄처럼 일직선을 그리며 만섭이네 반 골대로 빨려 들어간다.

"꼴-인, 꼴-인!"

우린 저마다 팔을 번쩍 들어 환호성을 질렀다. 어떤 아이는 골 세레머니로 교복 윗도리를 들어올려 배를 드러내고 람바 춤을 추기도 했다.

그때였다.

"늬들 다 이리 와."

언제 올라왔는지 학생부 선생이 내가 찬 실내화 볼을 주워들고 소리쳤다.

우린 놀라 흩어지는 피라미 떼처럼 후다닥 튀어 달아났다. 그러나 소용없었다. 교실까지 뒤쫓아 온 선생에게 모두 붙잡혔다.

"이눔으 짜식들, 잘 헌다. 아침 일찍 학교 와 공부는 허지 않고…. 어휴, 이 먼지 좀 봐. 빨리 문 열어!"

그러면서 그가 우리들 머리통을 쥐어박았다.

"전부 엎드려뻗쳐! 늬들 담임 올 때까지 거기 그렇게 엎드려 있어."

이마에서 흘러내린 땀방울이 복도 바닥에 방울져 떨어진다.

"상렬이 그 새끼 어떻게 된 거야?"

상렬이는 우리가 망보라고 시킨 아이다. 헌데 그놈은 보이지 않고 학생부 선생이 불쑥 나타난 것이다.

"이 새끼, 말도 안 하고 배신을 때려?"

그 때 강상렬이 일학년 교실 쪽에서 터벅터벅 걸어왔다. 그는 우리를 힐끔힐끔 보더니 아무 일도 없다는 듯 교실로 들어갔다.

"야, 강상렬. 너 이리 와."

만섭이가 겨우 들릴 만한 목소리로 상렬이를 불렀다.

"너 이 새끼, 망보라니까 어디 갔었어, 어? 너 이따 죽을 줄 알어!"

만섭이가 으르렁대자

"웃기고 있네. 내가 언제 너네 망봐 준다고 했어?"

상렬이가 입술을 뚜 내밀며 중얼거린다.

만두빚어반

계발활동 시간.

나와 만섭이는 영화감상반에 들었다. 1학년 때도 그 반에 들었는데 사람이 많아 밀려났다. 올해는 꼭 그 반에 들어야겠다.

계발활동은 매주 금요일 5교시 후 2시간씩 했다. 영화감상반은 2학년 1반 교실이다.

종이 울리고 선생님이 들어왔다. 웅성대며 서 있는 아이들에게 자리에 앉으라고 했다. 인원이 많아 앉지 못하는 아이들도 있다.

"야, 이거 사람이 너무 많다. 최대 20명까지밖에 안 되는데 35명이나 왔어."

선생님 말에 아이들이 서로를 돌아보며 누가 왔는지 확인한다.

"안되겠다. 15명이 다른 반으로 가야 하는데, 음, 이걸 어쩌나."

선생님이 난처해하자,

"선생님, 그냥 여기 온 애들 다 같이 하면 안 돼요?"

3학년 어떤 누나가 말했다.

떨어져 나가느니 다 같이 하는 게 좋겠다는 의견이다.

"안돼. 교실도 좁고 의자도 없고."

"의자는 교실에서 각자 자기 것 가져오면 되잖아요?"

누나 말에 선생님이 손을 저었다. 그러면서 우선 한 자리에 둘씩 앉아보라고 했다.

"자 자, 여기 봐. 먼저 영화감상반 아니면 이 학교에서 전학을 가겠다는 사람 손 들어."

선생님 말에 아이들이 와 웃으며 모두 손을 든다.

"그래? 그럼 전학 가지곤 안되겠군. 이번엔 영화감상반 아니면 아예 학교를 그만두겠다는 사람 손 들어."

이번에도 아이들이 모두 손을 든다.

"안되겠군. 할 수 없다. 가위바위보 해서 지는 사람이 다른 반으로 가는 수밖에."

선생님이 아이들에게 가위바위보를 하라고 했다. 아이들이 헐하며 실망에 찬 소리를 쏟아 냈다.

웅성거림 속에 가위바위보가 시작되었다. 학년 구분 없이 아무하고나. 나는 얼른 내 주위를 살폈다. 만섭이를 뺀 나머지 중

제일 만만한 아이를 찾기 위해서다.

나는 내 뒤에 있는 우리 반 명애하고 했다. 가슴이 떨렸다. 처음엔 둘 다 가위, 그 다음엔 둘 다 주먹, 세 번째 내가 이겼다. 나는 양팔을 흔들며 환호성을 질렀다.

만섭이 자식은 아직도 하고 있다. 내가 다가가자 양팔을 비틀어 눈에 대고 히죽거린다.

"가위 바위 보!"

그런데 졌다. 만섭이가 오만상을 찌푸렸다. 큰일 났다. 나는 이기고 만섭이는 졌으니 둘 중 하나만 남게 되었다.

선생님이 이긴 사람은 자리에 앉고 진 사람은 나가라고 했다. 젠장, 무슨 일이 또 이렇게 꼬인담?

"어떡하지?"

"뭘?"

"여기 있을 거야?"

"글쎄."

쉽게 판단이 서지 않았다. 나 혼자 이 반에 남을 것인가, 아니면 만섭이 하고 같이 다른 반으로 갈 것인가. 그러다 나는 자리에서 일어났다. 아무래도 만섭이와 함께 하는 게 좋을 것 같았다. 밖으로 나왔다.

맥없이 복도를 걷고 있는 우리를 교실 안 아이들이 힐끔힐끔 쳐다본다. 그러나 그렇게 창피하지는 않다. 우리 말고도 반을 정하지 못해 끈 떨어진 연처럼 여기저기 헤매고 있는 아이들이 많으니까.

1학년 1반 교실을 지날 때였다. 종민이 유리창 밖으로 고개를 불쑥 내민다. 우리보고 들어오라며 손짓까지 한다.

"무슨 반인데?"

"여기? 만두빚어반."

"뭐? 만두빚어반? 그런 것도 다 있어?"

"으응."

"뭐 하는 반인데?"

"만두 만들어 먹는 반."

"진짜?"

"으응, 크크."

우리가 유리창에 코를 박고 교실 안을 들여다보자 선생님이 들어오라고 했다. 전에 학교에서 몇 번 보기는 했지만 이렇게 가까이서 보기는 처음인 선생이다.

선생님은 올해 처음 우리 학교에 오셨다. 국어 선생님인데 1학년을 가르치신다. 나이는 사십 좀 넘은 것 같고, 키는 작고 안경을 꼈다.

"너희들 이 반 할 거야?"

선생님이 우리에게 물었다. 우리가 우물쭈물 대답을 못하자 종민이가 빨리 대답하라며 눈을 찡긋거린다.

"저…."

나는 진짜 만두를 만들어 먹느냐고 물으려다 그만두었다.

"흐음, 좋아. 여기까지 왔으니 이 반 하도록 해."

그러면서 선생님이 우리 이름을 출석부에 적었다.

"2학년 1반 구승재. 2반 박만섭 …."

선생님이 한 사람 한 사람 출석을 불렀다. 1학년은 없고 2, 3학년에 남학생 5명 여학생 6명이다.

선생님 제안에 따라 우린 자리 배치를 다시 했다. 선생님을 중심으로 둥그렇게 앉았는데, 마주볼 수 있어 좋았다.

선생님이 칠판에 '함께 나누는 마인드 비전'이라고 썼다. '함께 나누는'은 작게, '마인드 비전'은 크게.

그런 후 우리에게 '마인드'와 '비전'이란 단어가 각각 무슨 뜻인지 물었다. 나는 마인드는 알겠는데 비전은 솔직히 무슨 뜻인지 몰랐다.

"비전하면 생각나는 단어 뭐 없을까?"

선생님이 안경 쓴 눈을 반짝거리며 우리를 주시했다.

'비전? 비전? 비전이란 말이 들어가는 단어 뭐가 있지?'

아무리 생각해도 생각나지 않았다. 많이 들어본 것 같기도 하고, 처음 들어보는 것 같기도 했다.

"텔레비전이란 말이 있지?"

선생님 말에 우리는 다 같이 무릎을 쳤다.

"'텔레'라는 말은 '멀리'라는 뜻이고, 비전이란 말은 '본다'라는 뜻이다. 그러니까 텔레비전 하면 '멀리서 본다'는 뜻이다. 그럼 마인드 비전하면?"

선생님이 마인드 비전 뜻에 대해 설명했다. 마인드 비전은 한마디로 각자의 마음속에 깃들어 있는 삶에 대한 희망?, 대충 그런 것이었다.

그러면서 선생님은 마인드 비전 프로그램은 학교 선생님들이 직접 만든 인성교육 프로그램이라고 했다.

"선생님, 그럼 우리 만두는 안 만들어 먹어요?"

종민의 말에 아이들이 와그르 웃음을 터뜨렸다.

"우씨, 난 진짜 만두 만들어 먹는 반인 줄 알았단 말야."

종민이 어깨를 들썩이며 황당하다는 표정을 지었다. 나도 종민에게 양 손을 벌리며 어깨를 으쓱했다. 뭐가 잘못돼도 한참 잘못된 게 아니냐는 몸짓이었다.

여기저기서, 선생님 우리 만두도 해 먹어요, 만두 사 주세요, 하는 소리가 들렸다.

선생님이 그렇게 하겠다며 배꼽을 잡고 웃었다.

마음을 열어요

선생님이 유인물 두 장을 나누어 주었다.

책도 한 권 같이 보라며 주었다.

『함께 나누는 마인드 비전』

A4 용지 크기만 한 표지에 제목이 검은 글씨로 야무지게 박혀 있다.

책장을 후르르 넘겨보았다. 그림도 있고 사진도 있다. 주어진 물음에 학생들이 답하도록 되어 있다.

"선생님. 이 책 꼭 사야 해요?"

선생님은 그렇지 않다고 했다. 책에 있는 내용을 유인물로 만들어 줄 테니 사지 않아도 된다고 했다.

"다만 이 책에 나와 있는 내용을 계발활동 시간에 다루게 되니, 하나 사 자기만의 일기장처럼 써도 좋을 거다."

그러면서 선생님이 사고 싶은 사람이 있으면 대신 주문해 주겠다고 했다.

선생님이 앞으로의 진행에 대해 말했다.

"앞으로 마인드 비전 진행은 너희들 스스로 맡아서 하는 게 좋겠다. 돌아가면서 순서대로. 이 프로그램 자체가 바로 여러분들의 의사소통을 위한 것이니까. 오늘은 첫 시간이니 만큼 내가 진행을 하겠고."

선생님이 유인물을 보라고 했다. 유인물에 '그대는 이 달에'와 '마음을 열어요'라는 제목이 큰 글씨로 씌어 있다.

"마인드 비전 프로그램에는 처음 단원을 시작하기 전에 다 함께 하는 도입부가 있어요. 그 단원의 내용을 압축적으로 보여주는 것인데, 이 부분부터 먼저 하도록 하겠어요. 자, 거기 있는 '그대는 이 달에'를 보도록."

선생님이 지시봉으로 교탁을 두드리며 선창하고, 우린 책상을 두드리며 따라 했다.

그대는 이 달에

해가 뜨는 걸

몇 번이나 보았나요?

해가 지는 건?

푸르른 창공,

새들도 보았나요?

무엇을 배웠나요?

불안한 적은

언제였나요?

울고 싶은 때는

언제였어요?

아이들이 저마다 키득거렸다.

"선생님. 우리가 무슨 광신도 집단 같아요."

"맞아. 전에 테레비에서 봤는데 어떤 건물에 사람들이 합숙하
면서 기도하는데, 몸을 막 떨고 기절까지 하던데."

"일본에 그런 게 많다며? 나도 전에 테레비에서 봤어."

아이들이 한마디씩 했다.

선생님도 겸연쩍은지 얼굴이 붉어진다.

"아이, 뭐예요, 이게?"

3학년 김이슬 누나가 머쓱해 한다.

"지금은 처음이라 여러분들이 어색해 하지만 자꾸 하다 보면
괜찮아질 거다. 그런 의미에서 다시 한 번 해 볼까?"

선생님이 한 구절씩 선창하고 우리가 따라했다.

처음보다는 두 번째가 한결 자연스럽다.

의미도 새롭게 와 닿았다.

머리 속에 제시문의 질문에 대한 답이 순간순간 떠오른다.

선생님이 유인물 여백에 제시된 질문 중 한두 가지를 택해 써 보라고 했다. 아이들이 막연해 하며 집중하지 않자 선생님이 다음 시간까지 '그대는 이 달에'를 숙제로 해 발표시켜 보겠다고 했다.

숙제라는 말에 아이들이 모두 우우 소리친다.

선생님이 다음 유인물을 보라고 한다. 〈마음을 열어요〉라는 마당이다. 내 마음을 자유롭게 그림으로 그려보라는 내용과 함께 자기 소개표가 들어 있다. 선생님이 지금 자기 마음을 그림으로 그려보라고 한다.

아이들이 다시 황당해한다.

"마음을 어떻게 그려요?"

"난 그림 못 그리는데."

"아무 생각도 나지 않아요."

아이들이 볼멘소리로 항의한다. 선생님은 가만히 웃고만 있다.

'우씨─, 뭐야 이거? 마음을 어떻게 그리라는 거야?'

그러다가 시간이 조금 지나자 아이들이 하나 둘 그리기 시작한다. 소란스럽던 아이들이 차츰 조용해진다. 저마다 책상에 코를 박고 그리기에 열중한다.

이건 내가 그린 그림이다. 하늘에 흰 구름과 먹구름이 떠 있는 모습이다. 흰 구름은 크게 먹구름은 작게 그렸다.

흰 구름은 평화로운 마음을, 먹구름은 불안하고 께름칙한 마음을 나타낸다.

나는 이 그림을 우리 집 형과 아버지를 생각하며 그렸다. 아버지가 술만 드시면 하는 말, 네가 우리 집 기둥이다, 그렇게 공부할 거면 학교 때려쳐라 같은 말은 내게 엄청 큰 스트레스다. 먹구름인 것이다. 큰형도 그렇고.

하지만 그것만 빼면 내 마음은 언제나 평화롭다. 흰 구름처럼.

만섭이도 다 그렸는지 볼펜을 입에 물고 장난질이다. 종민이는 아직 책상에 코를 박고 있다.

"다 했니? 다 했으면 이제부터 돌아가며 자기 그림을 보여주고 설명해 보기로 하자. 자, 누가 먼저 할까?"

순간 내 가슴이 뜨끔해졌다.

'뭐? 설명까지 한다고?'

이건 뭐가 잘못돼도 한참 잘못되었다. 보여주는 건 그렇다 치고 설명까지 한다? 그럼 모든 게 다 탄로 나잖아? 우리 집 아버지가 그렇고 그렇다는 것과 형이 장애인이라는 사실까지.

가슴이 바짝 오그라들었다. 다른 건 몰라도 이건 못할 일이다. 어떻게 다른 아이들 앞에서 우리 집 이야기를 할 수 있단 말인가? 나도 몰래 가슴이 방망이질 쳤다.

"누가 먼저 발표해 볼까?"

아이들이 힐끔힐끔 곁눈질한다. 아무도 먼저 나서지 않자,

"좋다. 정 그렇다면 오늘은 내가 먼저 하겠다. 앞으로도 이 마인드 비전 시간엔 선생님도 여러분과 똑 같이 할 거다. 똑 같이 발표하고 똑 같이 진행하고."

그러면서 선생님이 제일 먼저 발표했다.

선생님은 넓은 바다 한가운데 여러 개의 배를 그려 놓았다.

"나는 올해 처음 여기 남양중학교에 와 마인드 비전 반을 시작했다. 지금 내 마음이 꼭 넓고 넓은 바다를 헤쳐 가야 할 이 배와 같다. 앞으로 어떤 파도와 폭풍을 만날지 두렵기도 하고, 또 목적지까지 잘 가 닿을 수 있을지 기대가 되기도 한다.

여기 있는 다른 배들은 너희들 하나하나를 나타내는데, 우리 다 같이 일 년 동안 잘 합심하여 좋은 마인드 비전 반이 됐으면

좋겠다."

선생님 말에 아이들이 환호성을 질렀다.

아이들이 돌아가며 차례대로 발표했다.

만섭이가 자기가 그린 그림을 보여주었다.

만섭이는 자기 마음 속 깊이 간직되어 있는 사랑을 누군가에게 전하고 싶다고 했다. 만섭의 말이 끝나자 마자 아이들이 저마다 오 예하며 환호성이다. 만섭이가 양손을 들어 V자를 그리며 부르르 몸을 떤다. 그러는 그의 얼굴이 홍당무처럼 새빨갛다. 나는 만섭이가 누구를 좋아하는지 다 안다. 2학년 3반 이지혜다. 1학년 때는 다른 애를 좋아했는데, 2학년에 올라와 부쩍 지혜한테 몸이 달아 있다.

다음은 종민의 것이다.

종민이가 그림 옆에 쓴 깨알 같은 글씨를 읽었다.

엄마가 보고 싶은 아이

어떤 아이가 있었다.

그 아이는 엄마하고 같이 안 산다.

이틀에 한 번

3일에 한번 전화 통화한다.

엄마는 중국에 있다.

마니 보고 싶어도 자주 못 본다.

아이들 모두 숙연해진다. 와자하던 교실 부위기가 착 가라앉는다.

"엄마가 중국에 계셔?"

선생님 말에 종민이 그렇다고 했다.

"어떻게 중국에 가 계셔? 아빠는?"

"엄마는 중국서 미장원 하고요. 아빤 서울에 계셔요."

"그래? 음, 그렇구나."

선생님이 더 이상 묻지 않는다.

나는 속으로 종민이가 정말 대단하다고 생각했다. 어떻게 자기 집 이야기를 저렇게 쉽게 할 수 있을까? 나는 지금까지 아무에게도 우리 집 이야기를 한 적이 없는데.

나는 내 차례가 되자 처음 그림을 그린 뜻과는 전혀 다르게 둘러댔다. 나는 시험을 잘 보면 마음이 흰 구름처럼 평화롭고, 잘못 보면 먹구름처럼 왕 스트레스 받는다고 돌려 말했다.

그렇게 말해놓고 나니 뭔가 중요한 것을 빠뜨린 것처럼 기분이 맨숭맨숭했다.

선생님이 〈마음을 열어요〉 마당을 정리하며 말했다.

"마음을 연다는 것이 무엇일까? 지금 우리가 각자 자신의 마음을 그림으로 나타내고 발표했는데, 어때? 마음을 연다는 게 뭐라고 생각해? 음, 마음을 연다는 것은 자신을 다른 사람에게 드러내는 것을 말해. 그렇게 함으로써 나를 상대방에게 이해시키고 다른 사람이 나를 받아들이게 하는 것. 이런 일들은 마음을 열어야 비로소 가능한 일들인데, 그러기 위해 필요한 것은? 그렇지, 바로 용기예요. 나의 아픈 부분, 드러내고 싶지 않은 이면(裏面)을 용기를 내어 상대방에게 드러낼 때, 사람은 서로를 이해하고 그 부끄러운 부분까지 사랑하고 받아들일 수 있는 거야. 그때서야 비로소 마음을 열었다고 할 수 있지."

선생님 말에 아이들이 고개를 끄덕였다.

온암리 사람들

차에서 내리자 형이 마을 정거장에 나와 있다. 우리 집은 충남 청양군 남양면 온암리에 있다. 우리 동네를 어른들은 지금도 '돌보'라고 한다. 아마도 돌이 많은 동네라는 뜻에서 그러는 것 같다.

우리 마을엔 스무 집 정도 살고 있다. 전에는 사람이 더 많이 살았는데 지금은 그 정도이다.

우리 집은 버스 정거장 바로 옆이다. 대문을 열고 나가면 앞에 보건소가 있고 그 옆에 바로 정거장이 있다.

정거장에는 마을 사람들이 심은 느티나무가 있고, 시멘트로 만든 의자가 있다.

형은 이 의자에 앉아 있길 좋아했다. 하지만 엄마는 그게 늘 걱정이다. 차가 많이 다니는 건 아니지만, 그래도 이따금 다니는 차가 속력을 내어 달리기 때문이다.

"집에 들어가."

내 말에 형이 머리를 쌀래쌀래 내젓는다.

집에 엄마 있냐는 말에 형이 빙긋이 미소를 머금는다. 형은 무슨 일로 기분이 좋으면 빙긋이 미소를 머금는 버릇이 있다.

박박 깎은 알머리에 움푹 패인 이마의 주름. 앉아 있을 때나 서 있을 때나 늘 머리를 가슴에 처박고 있다. 머리도 온통 흉터 투성이다. 몸 한쪽이 성하지 않다 보니 자주 넘어져 생긴 것들이다. 머리 한가운데엔 손톱만한 흉터도 있다. 어려서 아팠을 때 침 맞은 자국이라고 했다.

"여기 있을 거야?"

내 말에 형이 한참 있다 응, 한다.

형은 무슨 말을 알아듣고 반응하는데 한참 시간이 걸렸다.

가방을 방에 놓고 옷을 갈아입은 후 뒤곁 수돗가로 갔다. 집엔 아무도 없다. 엄마도 아버지도 들에 나갔나 보다.

새봄을 맞아 수돗가 나무들이 파룻파룻 잎을 틔운다. 지난 가을 처음 따 먹어본 배나무에도 연두색 잎이 손톱만 하게 돋았다.

담장의 덩굴장미도 장독대 주변 다보록한 풀들도 새봄을 맞아 뻗어오를 준비에 몸이 달았다.

수돗물을 벌컥벌컥 들이켠다. 빈 뱃속을 찬물이 싸하게 훑어

내린다.

컴퓨터 게임을 할까 하다 자전거를 끌고 밖으로 나왔다. 논에
가 보자는 생각에서다. 형은 아직도 정거장 의자에 웅크리고 앉
아 있다.

동내를 한 바퀴 휭 돌았다. 만섭이 자식은 집에 없다. 그는 읍
내 학원에 가서 늦게 온다. 나도 작년까지는 학원에 다녔다. 그
러다 이학년이 되면서부터 안 다닌다. 학원 끝나 집에 오면 9시
가 넘는데, 그 때부터 숙제하랴 공부하랴 너무 피곤해서였다.

논은 집에서 아주 가깝다. 페달 몇 번 밟으면 금세 논이다.

아버지가 논바닥의 검불을 긁어모으고 있다. 논에 물대기 전
논바닥을 다듬고 있는 것이다.

"너 왜 공부 안 허고 여긴 나오네?"

아버지의 목소리가 들에 울려 퍼졌다.

"으휴 지겨워. 그 놈의 공부 공부…."

나는 대뜸 마음이 상해 아무 대꾸도 하지 않았다. 자전거를 탄
채 논두렁을 빠져 나와 밭으로 내달렸다.

밭은 좀 멀다. 마을을 빠져나와 산으로 이어지는 들길을 톺아
올라야 한다. 밭 가운데 허리를 구부리고 있는 엄마의 모습이 눈
에 띈다. 나는 헉헉거리며 자전거 페달에 힘을 준다. 돌부리에
걸려 자전거 앞바퀴가 이리저리 튄다.

"뭐 해요?"

"고춧대 뽑잖니?"

엄마가 돌아보며 말했다. 뽑아놓은 고춧대가 군데군데 쌓여 있다.

엄마가 상 위에 놓아둔 잡채를 먹었느냐고 했다. 내가 안방엔 들어가 보지도 않았다고 하자,

"점심 때 해 먹구 너 오면 배고프잖게 먹으라구 놔둔 건디."

그러면서 엄마가 뽑아놓은 고춧대를 다발다발 안아 한쪽에 쌓으라고 했다. 불을 놓아 거름으로 쓴다고 했다.

해가 서산마루에 너웃너웃 걸려 있다. 산 그림자가 짙어오면서 바람도 쌀랑해진다. 한낮에는 여름처럼 덥다가도 해가 지면 바람에 찬 기운이 묻어난다.

엄마가 불 놓은 자리에 흙을 퍼 껴 얹는다. 불 꺼진 자리에서 푸르스름한 연기가 길게 저녁 하늘로 올라간다.

엄마하고 함께 집에 왔다.

형은 그때까지도 정거장 의자에 앉아 있다.

형 옆에 경운기가 한 대 서 있고, 동네 이장인 신주만 아저씨가 뭐라 뭐라 한다.

"왜 그려?"

"별 거 아뉴. 우리 집 대문에 걸어놓은 자물쇠가 없어져서 승

운이 얘가 혹시 가져 갔나 해서 물어보는 중유."

주만 아저씨가 담배를 피워 물며 말했다.

"네가 이 아저씨네 자물쇠 가져왔니?"

엄마가 허릴 구부리고 형에게 물었다. 형은 듣는지 마는지 머리를 가슴에 처박은 채 손톱만 물어뜯는다. 가슴팍이 흘러내린 침으로 얼룩져 있다.

"네가 이 아저씨네 자물쇠 가져 왔어?"

몇 번을 더 물은 후에야 형이 대답도 없이 머리를 내젓는다.

"안 가져왔댜. 갖구 왔으면 갖구 왔다고 허지 안 허지 않거든."

"아니, 아까 점심 때 얘가 우리 집에 왔었거든. 저 건너 소 축사 갔다 와서 점심 먹을라구 허는디 얘가 우리 집 마당에서 얼쩡거리더라구. 그래서 내가 밥 한뎅이 찌개에다 놔 멕였거든. 그래서 물어보는 거여. 혹시 얘가 나가면서 빼갔나 해서."

주만이 아저씨가 담배연기를 길게 내뿜었다.

"이, 그러니께 얘가 오늘 점심을 동생 집이서 먹었구면."

엄마가 주만이 아저씨에게 고맙다고 했다.

우리 동네 사람들은 형을 한 식구처럼 돌봐주었다. 밥 때 되어 형이 오면 먹던 밥이라도 덜어 주었고, 어디 넘어져 있으면 우선 일으켜 놓고 우리 집에 달려와 알려 주었다.

오랫동안 같이 살아온 인정에서 우러나는 마음 씀씀이었다.

그런 사실을 두고 엄마는 우리 동네가 아닌 저 서울 같은 도시에서는 아마도 형을 데리고 살지 못했을 거라고 몇 번이나 말했는지 모른다.

땅거미가 짙어 왔다.

들에 나갔던 사람들이 하나 둘 집으로 돌아온다.

"하여튼 알었슈. 근데 이게 어디 간 겨?"

주만이 아저씨가 담배꽁초를 발로 비벼 끈 후 껑충 경운기에 올랐다.

엄마의 고민

엄마가 형에게 집에 들어가자고 했다.

형이 일어나려다 비척비척 쓰러진다.

얼른 엄마가 형을 부축했다.

내가 먼저 집에 들어와 마루와 방 불을 켰다.

안방 텔레비전을 켜는데 엄마가 나를 불렀다.

"애 승재야, 이리 좀 나와. 너 이거 주만이 아저씨네 갖다 주고
와."

나가보니 엄마 손에 자물쇠가 들려 있다.

"저 잡것이 갖고고도 안 갖구 왔다구 했구먼."

엄마가 형을 윽박지르자 형이 얼굴을 찌푸리며 으아 소리 지
른다.

"왜 남의 집 물건은 갖구 오니? 응? 그렇게 갖구 오지 말래두

왜 갖구 와. 너 한 번만 더 이런 거 갖구 오면 집에서 아주 내쫓을
껴."

엄마가 형의 어깨를 손바닥으로 탁 쳤다. 그러자 형이 으아 소
리 지르며 주먹을 쥐고 엄마에게 달려든다.

"병신, 육갑허네."

엄마가 눈을 치켜뜨고 형을 노려본다. 그때 아버지가 집안에
들어섰다.

"왜 그려?"

"암 것두 아녀. 어여 씻구 들어가 밥이나 자셔."

엄마가 짐짓 화를 누른 채 목소리를 누끈하게 풀어 말했다. 아
버지가 형을 노려보다 더 이상 묻지 않고 뒤꼍 수돗가로 간다.

평화롭던 저녁나절의 집안 분위기가 삽시간에 깨진다. 엄마가
말을 안 했기 망정이지 했다면 아버지는 형을 쥐어박았을 것이
고, 그러면 일은 더욱 커졌을 것이다.

추녀 밑에 냉랭한 분위기가 감돈다.

나는 시도 때도 없이 망가지는 이런 집안 분위기가 싫었다.

자물쇠를 가지고 주만 아저씨네 집에 갔다. 주만 아저씨는 우
리 집 바로 위에서 늙은 홀어머니와 둘이 산다. 사십이 다 된 노
총각인데 소도 여러 마리 먹이고 농사도 짓는다.

"적당한 새악시 있으면 우리 주만이 중매 좀 혀."

엄마를 만날 때마다 주만 아저씨네 할머니가 하는 소리이다.

자물쇠를 갖다 주고 집에 왔다.

어둠이 마당 구석에 어둑어둑 고인다.

형은 그때까지도 헛간 추녀 밑에 장승처럼 서 있다.

저녁상에 둘러앉아 밥을 먹었다. 아버지나 엄마나 나나 별 말이 없다. 찌개국물 떠먹는 후르룩 소리, 밥을 먹느라 쩝쩝거리는 소리가 있을 뿐이다.

"형은 안 먹어?"

아무 말도 하지 않는 식사 시간이 싫어 내가 말했다.

"그냥 둬. 이따 따로 차려줘야지."

엄마의 목소리가 퉁명스럽다.

"오늘 낮에 우체부가 쟤 주민등록증 안 만들면 벌금 물린다는 통지서 갖구 왔었어."

엄마가 아버지를 바라보며 말했다.

아버지는 들었는지 못 들었는지 아무 대꾸가 없다. 연신 밥을 퍼 입에 넣을 뿐.

주민등록증 발급 통지서가 나온 건 어제 오늘의 일이 아니다. 처음 통지서가 나온 건 벌써 반년도 더 지난 일이다. 처음엔 주민등록증 발급하라는 통지서였다. 그걸 보고 엄마는 저런 애한테 무슨 주민등록증이냐며 무시해 버렸다.

그 후 통지서는 계속 나왔다. 그때마다 엄마는 그걸 구깃구깃 구겨 쓰레기통에 처넣었다. 그렇게 몇 번을 반복했을까?

하루는 엄마가 새로 나온 통지서를 내게 보여주었다. 그동안 나온 통지서와는 다른, 붉은 글씨가 박혀 있는 것이었다. 벌금 고지서였다. 언제까지 발급받지 않으면 벌금이 부과된다는 것이었다. 금액은 적혀 있지 않았다. 엄마는 그 고지서만은 쓰레기통에 처넣지 못했다.

발급 기간이 지나도 훨씬 지난 어느 날, 면사무소 직원이 우리 집에 찾아 왔다. 아무리 발급하라고 해도 하지 않자, 담당 직원이 직접 찾아와 형 사진도 찍고 지문도 채취해 발급해주려는 의도에서였다.

그러나 그들은 그렇게 하지 못했다. 공교롭게도 그날 엄마도 집에 없고 형도 집에 없었다.

엄마가 밥숟가락을 놓으며 말했다.

"면사무소 직원 말에 의하면 주민증도 발급 받으야 허지만, 병원 가서 진찰허구 장애인 카드라나 뭐라나를 만들어야 헌다. 앞으로 쟤가 무슨 일을 저질러두 그게 있으면 그래두 보호받을 수 있다드라."

"장애인 카드는 어디서 만드는데?"

"병원 가서 진찰허면, 얘가 장애 몇 급인지 판정해서 만들어

준다."

"그럼 형이 병원까지 가야 돼?"

"그렇다."

"청양에는 큰 병원이 없잖아?"

"없어. 면 서기 말에 의하면 홍성이나 대천까지 가야 헌다. 대천 종합병원이나 홍성 의료원 같은 데 가서 진찰을 받으야 헌다."

엄마가 이맛살을 찌푸렸다.

아버지가 물로 쿨럭쿨럭 입안을 행구며 밥상 뒤로 물러나 앉았다.

엄마가 아버지에게 언제 한번 면에 다녀와야 하지 않느냐고 하자,

"다녀오긴 어딜 다녀 와. 그냥 내버려둬. 저런 병신 데리고 어딜 간다구 그려!"

아버지가 버럭 짜증부터 내었다.

엄마가 한숨을 땅이 꺼져라 쉰다.

나도 그만 우울해진다. 어떻게 형을 데리고 홍성이며 대천까지 갔다 올 수 있을까 생각하니 벌써부터 눈앞이 캄캄해진다.

병원 진찰

"아무래두 네가 학교 하루 빠지야겠다."

엄마 말에

"뭐? 학교를 왜?"

내 눈이 와짝 떠졌다.

"늬 아버지는 하늘이 두 쪽 나두 같이 갈 사람이 아니구, 그렇다구 나 혼자 감당헐 수도 없구, 그러니 너라두 같이 가야잖니? 늬 형 문제 말여."

엄마가 가슴이 무너져라 한숨을 내쉬었다.

"그렇다고 내가 어떻게 학교를 빠져. 이제 좀 있으면 기말고사 시험도 있는데."

나도 입술을 오리주둥이처럼 뚝 내밀었다.

"누가 가도 한 번은 갔다 와야 허는디, 더 미루다간 고연히 벌금만 물 것 같구."

"가면 언제 가려고요?"

"글쎄, 모두 심구 고추 모종두 다 했구, 이제 한숨 돌릴 때니 곧한번 댕겨오면 좋겠구먼. 아무 때나 장날 아닌 때루⋯."

"여름방학 때 가도 괜찮잖아?"

"그러면 늦을까 봐 그러지."

엄마가 수일 내 다녀오자고 했다. 아버지는 더 있다 방학 되면 그때 다녀오라고 했지만, 엄마가 안절부절 하지 못했다. 엄마는 무슨 일이든 뒤로 미루지 못하는 성미였다.

머리가 지끈지끈 아파 왔다. 면사무소는 물론이고 병원까지 몸도 성하지 않은 형을 데리고 다녀야 할 걸 생각하면 가슴이 바짝바짝 타들어가는 것 같았다.

돌아다니는 도중 아무도 만나지 않는다면 괜찮다. 하지만 남양면 사무소는 바로 우리 학교 옆이다. 형하고 같이 있는데 학교 아이들을 만나면?

그런 일은 상상도 하기 싫었다. 있을 수 없는 일이고 또 있어서도 안 될 일이었다.

엄마가 학교에 전화했다.

담임이 받았다.

엄마가 더듬대며 오늘 내가 배가 아파 학교에 못 간다고 했다.

형 옷을 갈아입혔다. 옷을 입히는 데도 하나하나 붙들고 입혀야 한다. 티셔츠도 먼저 목부터 끼운 다음 팔을 쳐들어 소매를 하나씩 끼워야 한다. 양말을 신으라고 하자 발에 걸친 채 한 손으로 잡아당겨 양말이 뒤틀어진다.

"에그 자식, 옷도 하나 제대로 못 입고⋯."

엄마가 끌끌 혀를 찼다. 속상해 하는 엄마 마음을 아는지 모르는지 형은 침을 질질 흘리며 빙긋 빙긋 웃는다.

택시가 왔다.

차에 타라고 하자 형이 뒷걸음질치며 머리를 쌀래쌀래 내두른다. 무서운가 보다. 그러고 보니 형은 지금까지 차를 타고 집을 떠나본 적이 없었다. 게다가 엄마는 가끔 형이 무슨 일을 저질러 화가 났을 때, 너 그렇게 말 안 들으면 저기 어디 먼 곳에 보낼 거라고 말하곤 했는데, 그래서일까? 형이 두 눈을 부라리며 어어어 소리 지른다.

"저기 먼 데 시설에 보낼까봐 그러니?"

엄마 말에 형이 웅!, 한다.

"아녀. 우리 승운이를 왜 그런데 보내여? 이렇게 이쁘게 말 잘 듣는디."

엄마가 목소리를 누끈하게 낮추어 말해도 형은 요지부동이다.

기사 아저씨가 머쓱한지 팔짱을 긴 채 먼 산만 보고 있다.

"승운아. 그러지 말구 어서 타. 우리 승운이 말 참 잘 듣지. 엄마랑 승재랑 같이 가서 병원 진찰두 받구 주민증도 내구⋯."

엄마가 노래 부르듯 말하며 형을 구슬린다. 그러는 엄마를 형이 물끄러미 바라본다.

몇 번을 어르고 구슬린 끝에 형이 겨우 차에 오른다. 내가 앞자리에 앉고 엄마와 형이 뒷자리에 앉았다.

"홍성허구 대천허구는 얼마래유?"

엄마가 기사에게 택시 요금을 물었다.

"거기까지 가기만 헌다면야 정해진 요금대로 받으면 되지만, 아줌니는 지금 거기 갔다 병원 들러 진찰허구 다시 올 거 아뉴? 그럴려면 병원서 한참 기다려야 허는디, 미터 요금으로는 계산 못 허유. 하루 대절을 허시든가 해야지."

"하루 대절허는 데는 얼마래유?"

"암만 못 줘두 20만 원은 줘야쥬."

"20만 원유? 뭐가 그리 비싸유?"

"비싼 거 아뉴. 택시는 시간이 돈인데, 병원 진찰이 금방 끝나면 모르까, 하루 종일 대기하고 있으야는데, 그거 안 받을라구 허겠슈?"

"그래두 20만 원은 너무 비싸유. 10만 원에 해유."

엄마 말에 기사가 그러면 병원 진찰하고 거기서 다른 택시를 잡아타고 오라고 했다. 그러면 아마 오고 가고 하는데 10만 원 안쪽이면 될 거라고 했다.

나는 속으로 엄마가 택시를 하루 대절했으면 싶었다.

"그럼 면사무소에서나 기다려줘유. 애 주민증 만들고 나올 때까지만유. 그리구 대천 종합병원까지 가유."

엄마 말에 기사 아저씨가 그러자고 했다.

산굽이를 돌아 나오자 멀리 학교와 면사무소가 눈에 들어왔다. 매일 시내버스로 다니는 길인데도 이렇게 택시 안에서 보니 낯설게 느껴진다. 순간 가슴이 쿵쾅쿵쾅 방망이질 친다. 가다가 혹 아는 아이라도 만날까 싶어서다.

나도 모르게 손에 땀이 났다. 차가 한적한 길을 달려 곧바로 면사무소 앞에 섰다.

엄마가 먼저 내리고 형에게 내리라고 했다. 그러나 형은 곧바로 차에서 내리지 못했다. 뭉기적거리는 형 팔을 엄마가 잡아끈다. 기사 아저씨가 뒤에서 형 엉덩이를 떠다민다. 형이 으아아 소리 지르며 벌러덩 뒤로 나자빠져 눕는다. 형을 차에서 내리기 위한 소동이 한바탕 벌어진다. 형은 몸부림치고 엄마는 끌어내려 하고. 그럴수록 형의 몸이 차 등받이에 걸려 나오지 못한다.

형이 으아아 고함친다.

눈을 허옇게 치켜뜨고 다리를 마구 버둥댄다.

주먹을 쥐고 엄마를 때리려고 악을 쓴다.

나는 옆에서 그런 광경을 보고만 있을 뿐 어쩌지 못한다.

몇 번의 시도 끝에 형이 겨우 차 밖으로 끌려나오다시피 나온다. 형이 어어어 소리 지르며, 주먹을 쥐고 엄마에게 달려든다. 엄마가, 여긴 집두 아닌데 이런 데까지 나와서 그럼 되겠니, 하며 형을 달랜다. 엄마의 목소리에 울음이 묻어 있다. 그러거나 말거나 형은 머리를 마구 내저으며 어어어 소리친다.

지나가던 사람들이 힐끔힐끔 우릴 쳐다본다.

나는 쥐구멍에라도 들어가 숨고 싶었다.

"너 그렇게 말 안 들으면 이 아저씨가 경찰에 신고할 겨."

기사 아저씨 말에 형이 빙긋이 웃어댄다.

전혀 뜻밖이다. 엄마나 내가 경찰에 신고한다고 했으면 소리 소리 지르고 난리도 아니었을 것이다. 그런데 기사 아저씨가 신고한다고 하자 빙긋이 웃는다. 마치 친한 사람이 장난이라도 걸어온 것처럼.

도대체 뭐가 뭔지 알 수 없는 노릇이다. 어쩌다 저런 사람이 우리 형으로 태어났는지…. 그런 생각에 가슴이 꽉 메워 오고 눈에 눈물이 핑 돈다.

치켜세웠던 형 주먹이 어느새 입 속으로 들어가 손톱을 물어뜯고 있다. 새옷으로 갈아입힌 지 30분도 채 안 됐는데 턱밑으로 흘러내린 침에 가슴팍이 번질번질하다.

엄마와 기사 아저씨가 형을 부축하여 면사무소로 들어갔다. 나는 면사무소 앞에서 학교 쪽을 바라보았다. 지금쯤 아이들은 한참 공부할 시간이다. 그런데 이렇게 밖에 나와 있다는 게, 맞지 않은 옷을 입은 것처럼 어색하기만 했다.

수업 끝나는 종소리가 들렸다. 잠시 후 와자해지는 아이들 소리. 순간 가슴이 다시 방망이질 친다. 주위를 둘러본다. 학교 아이들은 하나도 없다. 그런데도 아이들을 만날까봐 불안하기만 하다.

엄마가 형과 함께 나왔다.

처음보다는 쉽게 형이 차에 올랐다.

"지문두 찍구 꼼퓨터로 사진두 찍구, 다 했다."

그렇게 말하는 엄마 얼굴에 안도의 빛이 스쳤다.

차는 곧바로 대천 병원을 향해 달렸다.

우리가 차에서 내리자마자 택시는 핑 가 버렸다. 이제 형과 나와 엄마만 남았다. 택시가 가고 없자 뭔가 있어야 할 것이 없는 것처럼 허전하고 불안했다.

엄마가 팔짱을 끼어 형을 부축하자 형이 몸부림쳤다.

"그러지 말어. 이런 데 나와서는 말 잘 들으야 혀. 그래야 빨리 허구 집에 가지."

엄마가 누근한 목소리로 형을 달랬다.

나도 곁에서 형 팔짱을 꼈다. 형이 나를 보고 빙긋빙긋 웃는다. 나이가 나보다 많은 형이지만 키는 나보다 작다. 형이 한 손으로 내 손을 꼭 쥔다. 의외로 살이 부드럽고 매끄럽다. 이렇게 형과 살이 맞닿아 보기는 지금이 처음이다.

병원에 들어섰다. 안내 창구가 보인다. 그곳에 가 용건을 말하자 원무과에 접수한 후 건강검진부터 받으라고 한다.

접수창구마다 줄이 길게 늘어져 있다. 줄 뒤에 가 섰다. 사람들의 시선이 우리에게 집중된다. 얼굴이 달아오르고 숨이 컥 막힌다.

어떤 사람이 장애인 창구를 이용하라고 한다. 그러고 보니 장애인 창구가 따로 있다. 그곳엔 아무도 없다.

엄마가 검진표를 간호원에게 건네주자,

"아저씨, 성함이 뭐예요?"

간호원이 물었다.

엄마가 대신 '구승운'이라고 대답했다.

간호원이 형에게 앞에 있는 의자에 앉으라고 했다. 엄마가 형을 앉히려 하자 형이 몸부림치며 병원이 떠나가라 소리 질렀다. 그 바람에 간호원이 혼비백산해 달아났다.

"말을 못 허유. 다른 것두 검사허나 마나유."

엄마가 한숨을 쉬며 말했다.

간호원이 빈칸에 이것저것 적어 넣었다.

2층에 가서 뇌파 검사를 받으라고 했다.

검사실을 나왔다. 지나는 사람에게 엘리베이터가 어딨냐고 물었다. 1층 복도를 지나쳐 엘리베이터 있는 곳까지 왔다.

그런데 문제가 생겼다. 형이 죽어도 엘리베이터를 타지 않으려는 것이다. 형에겐 엘리베이터가 무슨 괴물덩어리로 보였을까? 얼굴이 하얗게 질린 채 복도 벽을 짚고 한 걸음도 떼려 하지 않았다. 그러다 급기야 바닥에 주저앉아 일어나지 않았다.

사람들이 몰려들었다.

지나가던 의사도 간호원도 모두 우리를 쳐다보았다.

엄마가 아무리 달래고 구슬러도 막무가내다.

병원이 떠나가도록 으아아 소리 지르고, 눈을 부라리며 주먹을 쥐고 엄마를 때리려 한다.

"아이고 징그러. 세상에 무슨 죄를 져서 저런 새끼를 낳았을까."

엄마가 흘러내린 머리칼을 손으로 쓸어 올리며 한숨을 내쉬었다.

"승운아. 어서 일어나. 빨리 검사허구 집에 가야지. 검사 안 허면 의사 선생님이 너 집에 안 보낸댜."

60

엄마의 목소리가 기진맥진하다. 나도 그만 이마에 식은땀이 솟았다.

형이 으어 으어 하며 손가락을 뒤틀리게 펴들고 뭐라고 소리친다. 아마도 무슨 말인가 하려나 본데 도무지 알아들을 수 없다. 나는 창피함에 얼굴이 벌겋게 달아올라 서 있을 뿐이다. 그때였다.

"이봐요, 아저씨! 빨리 일어나. 여기서 이러면 안 되지."

지나던 의사 한 분이 보다 못해 끼어들었다. 의사가 형의 어깨죽지를 잡아 일으켜 세우자 형이 빈 자루처럼 축 늘어져 고함을 냅다 지른다.

"아무래도 안 되겠네. 이 사람 엘리베이터 한 번도 안 타봤죠?"

의사 말에,

"뇌파 검사라나 뭐라나 그거 안 허면 안 된대유? 이런 애를 검사해서 뭐 헌대유? 보다시피 검사실까지 갈 수도 없는데."

엄마가 울음을 삼키며 말했다.

"그래도 검사는 하셔야 합니다. 병원에서 필요하니까 하라고 하지 괜히 하라고 하겠어요?"

그러면서 의사가 나에게 휠체어를 가져오라고 했다. 아무래도 엘리베이터에 대한 공포감 때문에 그런 것 같으니 휠체어를 이용해 보라는 것이다.

휠체어를 가져왔다.

몇 번을 달래고 구슬린 끝에 형을 겨우 휠체어에 앉혔다.

나는 휠체어를 처음 밀어보았다. 생각보다 쉽지 않았다. 앞바퀴가 자발없이 이리저리 굴러 방향을 잡기가 쉽지 않았다.

뇌파 검사 후 1층 검사실로 다시 내려왔다. 간호원이 잠시 기다리라며 검진표를 들고 핑 나가버린다.

잠시 후 우리에게 따라오라며 옆방으로 갔다.

안경 낀 의사가 형 여기저기를 살폈다. 턱도 벌려보고 눈도 뒤집어보고 팔도 아래위로 흔들어 보았다.

"언제부터 이랬어요?"

"어려서 애 낳구 한 달두 채 안 돼서 경기(驚氣)를 허데유. 그래 놀래갖구 동네 어른헌테 침을 맞혔슈. 그때부터 그류."

"침을요? 침을 어디에 놨는데?"

"여기 이 흉터가 그 때 침 맞아 생긴 거유."

엄마가 형 머리의 정수리를 가리켰다. 박박 깎은 알머리 한가운데 손톱 만하게 흉터가 박혀 있다.

의사가 살펴보며 쯧쯧 혀를 찼다.

"글쎄요. 이렇게 섣불리 말씀 드리긴 뭐하지만…."

의사가 안경을 벗어 만지작거리며 말했다.

"세상에 경기를 한다고 침을 놓는 사람들이 어딨어요? 그것도 머리 한가운데. 정밀검사를 더 해 봐야 알겠지만 아마 그때 뇌가 손상되었던 것 같습니다. 간질 발작 같은 건 안 하고요?"

"발작두 가끔 허유."

"약은 먹나요?"

"먹다 안 먹다 그류."

"몸 한쪽 못 쓰는 것도 뇌 손상으로 봐야 할 것 같습니다. 간질도 그렇고요."

그러면서 의사가 형은 정신지체 1급에 해당한다고 했다.

"그런데 어머님. 승운이 같은 경우엔 장애 판정을 받는 것도 중요하지만, 시설 쪽으로 보내 격리하는 게 더 좋을 거예요. 판단이야 가족 분들이 알아서 하겠지만 승운이 같은 경우는 제 정신이 아닐 때가 있기 때문에, 언제 무슨 일을 저지를지 알 수 없거든요. 그리고 만약 일을 저지르면 그에 대한 책임이 따르게 마련인데, 그런 일을 미리 방지하기 위해서라도 어디 적당한 데 있으면 보내는 게 좋을 겁니다."

의사 말에 엄마가 가슴이 무너져라 한숨을 쉬었다. 머리칼이 아무렇게나 흘러내려 엄마의 얼굴 한쪽을 가리고 있다.

"그러잖아두 이따금 여기저기서 쪽지가 날러오데유. 장애인 시설이라나 뭐라나 허는 데서. 허지만 얘는 지금까지 한 번두 남한테 해를 입힌 적이 없슈. 그저 제 몸 하나 불편해서 성한 사람처럼 움직이지 못해서 그렇지, 넘헌테 나쁜 짓 한 적이 없슈."

"아, 네. 물론 그렇겠죠. 하지만 이제 점점 나이를 먹게 되고 기운이 세지면 집에서도 감당하기 힘들어지게 되고, 그렇게 되면…. 뭐 아무튼 잘 생각해서 하십시오."

의사가 무안해 하며 말을 마쳤다.

엄마가 일어나며 장애인 카드는 언제쯤 나오냐고 물었다.

의사가 열흘 안에 우편으로 갈 거라고 했다.

내가 일어나 엉거주춤 인사하자, 의사가 물었다.

"학생이지? 몇 학년이야?"

"중학교 2학년인데요."

"음. 그래, 착하구나. 형하고 같이 병원에도 오고. 엄마 모시고 잘 가라."

의사가 내 어깨를 툭툭 쳤다. 나는 얼굴이 달아올라 숨도 제대로 쉬기 어려웠다. 빨리 병원에서 벗어났으면 싶었다.

숨기고 싶은 이야기

만두빚어반 선생님은 지독했다.

일주일에 두 시간 하는 계발활동은 학교 행사나 다른 일로 빠지는 때가 많았다. 그런 때면 선생님은 그 시간을 그냥 넘기지 않고 꼭 보충을 하였다. 잠깐이라도 빠지면 그만큼 프로그램 진행에도 문제가 생기고, 우리 마음속에 자아를 형성하는 요소가 제대로 쌓이기 어렵다고 했다.

선생님은 만두빚어반 시간에 이런 말씀을 자주 하셨다.

"자아가 형성되기 위해서는 여러 가지가 필요하다. 그 여러 가지 가운데 무언가 끊임없이 지속적으로 행하는 것이 아주 중요하다. 예컨대 스스로 일기를 꾸준히 써 본다든가, 우표나 성냥갑 등을 수집해 본다든가 하는 일이 올바른 자아 형성에 도움을 준다. 우리가 일주일에 두 시간씩 하는 마인드 비전 프로그램도 빠지지 않고 꾸준히 하는 게 중요하다. 가랑비에 옷 젖는다는 말이 있듯이, 꾸준히 무슨 일인가 하는 가운데 하나의 인격이 형성되어 나온다."

선생님은 금요일 오후나 토요일 방과 후에 보충하는 시간을 가졌다. 집에 가는 아이들이 있어도, 남은 아이들과 함께 마인드 비전 프로그램을 꼭 진행했다.

우린 그 동안 '마음을 열어요' '귀를 열어요' '눈을 떠 봐요' '말을 해 봐요' 같은 마당을 진행했다. 아직 전체 분량의 절반도 못했지만 그동안 만두빚어반을 하면서 나는 선생님이 말하는 '마인드 비전', 곧 자기 삶과 마음에 비전을 갖는다는 것이 무엇인지를 어렴풋이 느낄 수 있었다.

선생님은 자신의 생각이나 감정을 타인 앞에 드러내고, 그렇게 함으로써 자기가 다른 사람과 어떤 점에서 같고 또 어떤 점에서 다른가를 알아, 자기에게 부족한 것을 채워나갈 때 자아도 확장되며 자기 삶에 비전을 가질 수 있다고 하였다. 다시 말해 마인드 비전 프로그램을 통해 자신을 알고 드러내며, 타인과의 관계 속에서 자신을 나누고 다룰 수 있는 힘을 길러, 보다 통합된 인격체로 성장해 갈 수 있다고 하였다.

나는 선생님 말씀을 정확히 이해할 수 없었지만, '의사소통'이라든가, '자아', 이런 말들은 다른 수업시간에 배웠기 때문에 어느 정도 알 수 있었다.

오늘 진행은 3학년 김이슬 누나가 맡기로 했다.

누나가 유인물에 있는 문제를 읽었다.

"지금까지 자기 마음속에 감춰 둔 숨기고 싶은 이야기에 대해 말해봅시다."

문제를 읽자 아이들이 술렁였다.

"숨기고 싶은 이야기? 그걸 어떻게 말해?"

"난 그런 거 없는데."

"키키, 난 네가 지난여름에 한 일을 알고 있다, 짜잔~!"

제각기 아이들이 말하며 교실 안이 소란스러워졌다.

선생님이 나무 막대로 교탁을 탁탁 치며 아이들을 진정시켰다.

"자, 여기 봐요. 여기서 말하는 숨기고 싶은 이야기란 지금까지 여러분들이 살아오면서 누구에게도 말하지 못한, 여러분들의 가슴 속에 묻어 두었던 이야기를 말해요. 가족이나 친구 또는 자기 자신에 관한 이야기인데, 어때요? 이런 이야기를 다른 사람에게 하려면?"

선생님 말에 아이들이 고개를 갸웃거렸다.

"용기가 필요하겠죠? 숨기고 싶은 이야기라면 아마도 좋지 않은 일, 창피한 일, 다른 사람에게 말하고 싶지 않은 일 뭐 그런 것들일 텐데, 그것을 다른 사람 앞에서 발표하려면 용기가 필요해요. 자, 우리 한번 용기를 내어 발표해 봅시다."

선생님 말에 아이들이 골똘히 생각에 잠겼다.

"하지만 선생님. 숨기고 싶은 이야기 중엔 그런 좋지 않은 일도 있지만, 정말 자신만이 간직하고 싶은 소중한 추억 같은 것도 있지 않나요?

노현주 누나였다. 현주 누나가 선생님을 똑바로 보며 말하자, 물론 그렇다며, 그런 소중한 가슴 속의 이야기도 해 보라고 한다.

나는 선생님 말씀을 듣는 순간 딱 떠오르는 게 있었다. 우리 형이었다. 박박 깎은 알머리에 침을 질질 흘리는 모습, 으아아 느닷없이 질러대는 고함소리, 화가 나면 주먹을 쥐고 누군가를 때리려고 덤벼드는 몸짓이 순간 영화의 한 장면처럼 선명하게 크로즈업 되었다.

그렇지만 나는 그 장면을 애써 지웠다. 형에 대해서는 정말 말하고 싶지 않았다.

옆에 앉은 만섭이도 무슨 내용인지 열심히 쓰고 있다. 내가 보려 하자 팔로 종이를 가리고 보여주지 않는다. 나쁜 놈. 친구 간에 의리도 없이. 아마도 만섭이는 여자 친구 이지혜에 대해 쓰고 있을 것이다.

"준비됐으면 발표해 볼까요?"

김이슬 누나의 말에 아이들이 시간을 더 달라며 아우성이다.

"아직 준비 안된 사람은 계속하고, 누가 먼저 발표해 볼까? 음, 2학년 중에서 구승재? 승재부터 해 볼래?"

김이슬 누나가 처음 발표자로 나를 지목했다. 나의 귓불이 화끈 달아올랐다.

"저는요, 초등학교 2학년 때, 그러니까 9살 때요, 그 때 처음으로 도둑질을 했습니다. 학교 앞에 문구점이 있었는데 거기서 전화번호 수첩 초콜릿을 훔쳤는데, 초콜릿을 훔치다 걸려서 그냥 놓고 도망간 적이 있어요."

나는 엉겁결에 있지도 않은 일을 꾸며서 말했다.

우린 돌아가며 발표했다.

나 다음으로 3학년 한솔이 누나가 발표했다.

"예전에 저는 엄마 아빠의 진짜 딸일까 고민한 적이 있어요. 말하기 조금 창피하지만 예전에 나를 닮은 한 꼬마 아이가 실종되어 찾고 있다는 걸 테레비에서 보았는데, 그때부터 지금 부모님이 나를 주어 온 게 아닐까 하는 생각을 한 적이 있습니다. 그래서 고민 끝에 집을 나가려고도 했습니다."

아이들이 한솔이 누나를 뚫어져라 바라본다.

"전에 나는 어렸을 때 돈을 잃어버린 적이 있었어요. 자그마치 5000원! 지금도 그렇지만 저에겐 거금과도 같은 돈이었죠. 그런데 그 돈을 잃어버렸다고 하면 혼날 것 같아서 아무 말도 못한 적이 있습니다."

"저는요. 초등학교 때 집에 장판을 태운 적이 있어요. 초등학교 때 풍물을 했는데 대회 전날 그 옷을 다리다 다리미가 넘어져 장판을 손가락 너비만큼 태웠어요. 그런데 새로 깐 장판이어서 엄마한테 혼날까 봐 말하지 않았어요. 나중에 들켜서 죽도록 혼났지만요."

아이들이 와그르 웃음을 터뜨렸다.

발표할 때마다 아이들이 자기 일이나 되는 것처럼 흥미롭게 들었다.

2학년 최소연이 발표할 차례다. 소연이는 자리에서 일어나더니 글로 쓴 걸 읽어도 되느냐고 물었다. 선생님이 말없이 고개를 끄덕였다.

"저는요, 저의 콤플렉스에 대해 써 봤습니다."

나의 콤플렉스

나에게는 치명적인 콤플렉스가 있다. 한 가지는 털이 많다는 것이고, 한 가지는 키가 작다는 것이다. 그렇지만 키가 작은 애들은 꽤(?) 있으니까 그건 스트레스를 받기는 받지만 별로 받지 않는데, 털이 많은 건 참 싫다. 털이 많은 애들도 조금씩 있는 것 같지만 여자가 나처럼 털이 긴 애들도 드물 것이다. 다른 애들은 거의 5mm도 될까 말까인데 나는 1cm 정도 되는 털들도 있다. 여자가 다리에도 털이 나 있고, 팔에도 털이 나 있으니까 내가 보기에도 좀 징그럽다는 생각이 든다. 내 친구들도 내가 상처받을까 봐(?) 나한테는 얘기 안 하지만 친구들도 그렇게 생각할 것이다.

어제는 내가 털이 길어서 엄마가 털을 뽑아준다고 청테이프로 털을 그야말로 뜯어냈다. 처음에는 그냥 청테이프를 붙였다가 뗐는데 그걸로는 만족하지 못한 우리 엄마가 청테이프로 털을 잡아서 좌악 뜯었다.. 잡초 뽑듯이...ㅠㅡㅠ

"엄마, 살살 좀 해~! 엄마 딸이 고통스러워하는 걸 즐기고 있는 것 같애~"

털을 뽑는다는 자체로도 슬픈데 아프기까지 한다. ㅠㅡㅠ 너무해~

근데 애들 말로는 뽑으면 더 많이 까맣게 난다던데 진짜 더 많이 나면 어떡하지? 난 걱정이 되어서

"엄마, 이러다가 털 더 많이 나고 까맣게 나는 거 아냐?"

라고 했다. 그러자 엄마는

"엄마도 털 많았는데 이렇게 해서 거의 다 없앴어~ 그냥 해~"

라고 하셨다. 내가 오늘 친구 애리한테 물어보니까 피부도 상한다고 한다. 맞다. 어제 털 뽑은 자리가 벌겋게 되고 닭살처럼 돋아 올랐는데.-_-;; 근데 오늘 보니까 말짱해 보인다. 그리고 아팠지만 털이 좀 줄어들은 것

71

같아서 기쁘다. ^-^; 다른 사람들은

"별걸 다 기뻐하네."

라고 얘기할 지도 모르지만 난 무척이나 기쁘다. 초등학교 때 내 별명이 두 가지였는데 하나는 '구미호'였고, 또 하나는 '털보'였다.-_-^ '구미호' 는 털이 많고 내가 째려보면 구미호같이 무섭다고 붙인 별명이고, '털보'는 말 그대로 털이 많아서 '털보'였다.-_-^

내가 조용히 털을 뽑아서 내가 털이 많았다는 것을 애들에게 알리지 않으려고 했는데 들키게 된 사건이 있었다.

저번에 피를 뽑을 때 팔을 걷었는데 그때 옆에 있던 영집이가

"야, 얘 털 좀 봐~ 장난 아니다~"

이러는 거 아닌가.

나 털 많은 거에 지가 뭐 보태준 거 있나...짜증났다. 그렇지만 그딴 소리에 일일이 대꾸하면 나만 피곤해진다는 것을 오래 전에 깨달아서 그냥 COOL하게(?)

"원래 엄마하고 아빠가 털이 많아서 유전적으로 나도 털이 더 많아."

라고 착하게(?) 말했다. 사실은

"나 털 많은 거에 보태준 거 있냐? 그럼 너는 왜 그렇게 여드름도 많고 살도 뒤룩뒤룩 쪘냐?"

라는 식으로 대답해주려고 했다. 하지만 외모를 가지고 놀리는 것은 별로 기분이 안 좋다는 것을 알기 때문에 그냥 마음속으로만 했다.

그 뒤로 다른 애들은 안 놀리는데 영집이만 나를 보고 '털보'라고 놀렸다. (하지만 요즘은 내가 털이 많다는 것을 까먹었는지 내가 반응을 안 해서 재미가 없는지 놀리지 않는다.)

그러나 앞에서도 말했듯이 난 그딴 소리에 일일이 대꾸하면 나만 피곤해진다는 사실을 알고 있기에 그냥 말을 싹 씹었다. 시원했다.-_-V

대신 마음속으로만 이야기했다.

'이영집, 두고 보자. 내가 털 다 뽑고 밀어서 니 앞에서 팔뚝 보여주마.-_-^'

소연이가 숨을 몰아쉬며 자리에 앉았다.

아이들이 서로의 얼굴을 바라보며 감탄 겸 놀라는 표정으로 박수를 쳤다.

소연이 얼굴이 붉게 상기되었다.

선생님도 자리에서 일어나 같이 박수를 치며 웃는다.

"자, 지금 우리들이 각자 그동안 마음속에 숨겨온 이야기를 발표했는데, 어때요? 아마도 앞으로 여러분들은 오늘 발표한 내용에 대해서는 더 이상 죄의식이나 열등감 같은 걸 갖지 않게 될 거예요.

지금 소연이가 자기 몸에 난 털 이야기를 했는데, 아마 이제부터 소연이도 털 문제로 인한 열등감에서 벗어날 수 있을 거야.

자기 마음속에 감춰두고 있던 일도 다른 사람 앞에 '나 이렇다'라고 공표해버리면 사실 아무 것도 아니거든. 그러지 못할 때 그게 열등감이 되고 마음의 병이 되는 거지."

그러면서 선생님은 우리 마음속의 어떤 일을 진실 되게 이야기 할 때 새로운 차원의 세계가 열린다고 하였다.

농활대

아침부터 마을 스피커가 왕왕 울렸다. 아직 학교도 가기 전 이른 시간이다. 마을 이장인 주만이 아저씨가 방송하는 것이다.

"아아, 주민 여러분께 말씀올리겠습니다. 아아, …"

그러나 웅웅대는 잡음에 무슨 말인지 알아들을 수 없다.

"뭐라는 겨?"

아침밥을 먹으며 아버지가 물었다.

"가만. 내가 나가보구 와야겠네."

엄마가 밥술을 뜨다말고 후딱 일어섰다.

"서울서 대학생들이 봉사활동 허러 온댜. 작년에두 왔었잖남? 작년 장마 때 우리 고추밭 다 쓰러져서 대학생들이 와서 일으켜 주지 않았남? 그 학생들이 또 온다느면."

"그럼 올해두 작년처럼 학생들 오면 일 시킬 것 미리 얘기해 달라는 겨?"

"그 얘기여. 내일 대학생들 오니께 집집마다 일 시킬 것 있으면 이장헌티 미리 말해 달라구."

엄마 말에 나는 나도 모르게 이맛살을 찌푸렸다. 나는 해마다 여름이 되어 찾아오는 대학생 농활대가 싫었다.

형 때문이었다. 형은 농활대가 오면 한시도 집에 붙어 있지 않았다. 끼니를 거르면서까지 농활대를 따라다녔다. 농활대가 흩어져 일하는 낮 시간에도 형은 농활대 본부가 있는 마을 회관에서 죽쳤다. 농활 온 대학생들이 형에게 잘 해주자 형은 밤낮없이 대학생들만 따라다녔다.

"이 위 이장 선봤다며?"

아버지가 오이냉국을 후르륵 떠 마시며 말했다.

"선 봤다남? 인제 볼 게 아니구? 몰러. 동네 사람 얘기 들어본지 하두 오래 돼서."

"선 봤댜. 주만네 아주머니가 그러던 걸. 며칠 전 청양서 선 봤는디, 장모짜리만 하나 달랑 나왔더랴. 강원도 어디서 산다더면. 식구두 없댜. 남편은 일찍 죽구 자식이 그 딸 하나라더면."

"그려? 그 새 선을 봤구먼."

엄마가 숟가락으로 밥사발을 소리 나게 긁으며 말했다.

나는 숟가락을 놓자마자 가방을 들고 정거장으로 나왔다. 형이 대문 앞에서 한 손을 바지 주머니에 손을 넣고 서 있다 나를 보자 빙긋이 웃는다. 얼른 들어가 밥 먹으라고 하자 형이 응, 하고 대답한다.

정거장 느티나무도 어느새 녹음으로 부풀었다. 무논에서 개구리들이 와글와글 운다. 이제 조금 있으면 여름방학이다.

농활대가 왔다.

규모는 작년과 비슷했다. 열다섯 명쯤 된다. 그 중에는 처음 보는 얼굴도 있고 작년에 본 얼굴도 있다.

토요일 오후.

엄마와 내가 마루에서 점심을 먹는데 대학생 누나 두 명이 찾아왔다. 한 명은 작년에도 온 누나이고 한 명은 처음 보는 누나다.

"안녕하세요?"

"어서 와유."

누나들 인사에 엄마가 일어나 인사한다.

"점심 안 자셨으면 이리 와 한 숟갈씩 떠."

엄마가 웃으며 밥상 자리를 좁힌다. 대학생 누나들이 먹고 왔다며 손사래 친다.

"어머니하고 아버님하고 밤에 하는 야간학교에 나오지 않아서요. 마을 어른들 많이 오시는데 두 분은 지금까지 한 번도 안 나오셨어요. 승재도 그렇고."

긴 머리를 뒤로 모아 손수건으로 꽉 묶은 누나가 웃으며 나를 보았다. 내 얼굴이 화끈 달아올랐다.

"우리 집에서두 저 냥반이 매일 거기 출근허잖유?"

엄마가 추녀 밑에 서 있는 형을 가리키며 말했다. 형이 엄마를 보고 빙긋이 웃는다.

"저 애가 한시도 집에 붙어 있는 줄 알어유? 눈만 뜨면 동네 회관에 가서 사는데, 나나 얘 아버지나 어떻게 거길 가겠슈. 가면 쟤 말썽부리는 거나 봐야는디. 그래서 우린 아주 저녁 먹었다 허면 불 딱 끄고 자는 게 일여. 쟤 땜에 어디 오라구 해두 못 가. 그러니 그런 줄 알고 우리 안 가두 재밌게들 지내셔."

그러면서 엄마가 언제 시간나면 우리 집 논두렁의 풀이나 깎아달라고 했다.

"승재는 왜 안 나오니? 만섭이는 매일 오는데."

누나 가운데 한 명이 내게 말했다.

"저요? 저는 좀 …."

내가 머뭇거리자

"만섭이하고 친하다며 나와. 야간학교 초등반이 원래 두 반인데, 한 반은 만섭이가 맡고, 한 반은 승재가 맡았으면 좋겠는데, 네가 안 나오니까 지금은 한 반에 몰아서 하거든. 그러니까 나와."

누나가 상냥하게 말했다.

초등 반을 맡아서 뭐 하느냐고 묻자, 아이들 공부도 가르치고 놀아주기도 한다고 누나가 말했다.

나는 나가겠다고 했다.

그러나 나는 내 말이 건성으로 한 것임을 안다. 나야말로 형 때문에 그곳에 나가지 못하는 것이다.

만섭이 자식은 기말고사가 끝나자마자 학원을 그만두었다. 작년에도 그랬다. 학원을 그만두고 농활대가 하는 야간학교에 나갔다.

만섭의 말에 의하면 야간학교에서 공부도 하고 기타도 배운댔다. 재미있는 영화도 많다고 했다. 그러니 나한테도 나오라고 자꾸 졸랐다. 중학생이 자기 혼자라 재미가 없다고 했다.

나도 전에 나간 적이 있다. 작년에 농활대가 처음 왔을 때였다. 그러나 갔다가 금방 집에 왔다. 형이 내 뒤를 졸졸 따라다니며 한시도 곁을 떠나지 않았다. 저리 가라고 하면 으아아 소리 지르며 달려들거나, 머리를 쌀래쌀래 내저으며 말을 듣지 않았다.

마을 사람이나 대학생들은 형에게 잘 해주었다. 형이 무슨 일로 고집을 부리면 형의 비위에 맞춰 형의 뜻을 들어주었다. 그러나 형 때문에 농활 프로그램을 진행하지 못하는 때도 있었다. 그

79

래서 살살 달래어 집에 가라고 하면 형은 대번에 주먹을 쥐고 으아아 고함질렀다. 집에 가란 말에 대한 반항의 표시였다.

참다못해 내가 화를 낸 적도 있었다. 생각 같아서는 주먹으로 한 대 때려주고 싶은 때가 많았다. 그렇지만 차마 그러지는 못했다. 아무리 못 나고 속을 썩여도 우리 형이 아닌가.

형은 마을에 무슨 행사가 있을 때마다 그랬다. 마을에 잔치가 있거나 명절 같은 때 외지에서 사람들이 오면 더 그랬다.

형은 그런 자리에서 술도 마셨다. 사람들이 한두 잔 따라주는 때도 있지만, 보통은 상 위에 있는 술을 형이 따라 마시는 것이다. 그러고는 취해 잔치 집 마당이든 골목 어디든 쓰러져 자는 것이다.

그 때마다 형은 상처를 입었다. 넘어져 머리가 깨지거나 팔 다리가 긁혀 피가 났다. 엄마와 함께 그런 형을 떠메고 온 것이 한두 번이 아니다.

그런 일이 자꾸 반복되면서 우리 가족은 여간한 일이 아니면 밖에 잘 나다니지 않게 되었다. 가더라도 형 몰래 살짝 빠져 나갔다 오는 그런 식이었다.

밖에 안 나가고 집에 있는 게 마음 편할 때가 더 많았다.

난투극

나는 프라모델 조립하기를 좋아한다. 프라모델이란 나무나 플라스틱으로 된 조립 기구이다. 공룡이나 로봇 건물 등 다양한 모양이 있어서 설명서를 보면서 끼워 맞추는 것이다.

플라모델은 인터넷이나 문구점에서 구입한다. 싼 것은 하나에 5천 원부터 비싼 것은 몇 십만 원 하는 것도 있다. 나는 보통 사오만 원짜리를 사서 한다. 칠팔만 원짜리도 해 봤는데 그건 너무 비싸서 지금은 안 한다.

프라모델의 매력은 뭐니뭐니 해도 집중이다. 하나 조립하는데 서너 시간쯤 걸리는데, 그때만큼은 다른 생각 안 하고 오로지 조립하는 일에만 몰두할 수 있다.

초등학교 3학년 때부터 조립하기 시작했는데, 그 후 나의 중요한 취미가 되었다.

엄마와 아버지는 물론 내가 프라모델 조립하는 걸 좋아하지 않는다. 아버지는 하라는 공부는 안 하고 딴 짓만 한다며 반대한다. 반면 엄마는 너무 비싸다고 반대한다.

그러나 나는 엄마 아버지 모두 잘못됐다고 생각한다. 우선 엄마가 반대하는 너무 비싸다는 것에 대해서. 프라모델 하나 값이 좀 비싸긴 하지만 그러나 그걸 매일 하지 않는 한 그렇게 비싼 것도 아니다. 나는 한 달에 한두 개 정도 사서 조립한다. 그리고 그 돈은 다른 용돈을 절약해서 사는 것이다. 다른 아이들도 그 정도 돈은 쓴다. 군것질을 하든 메이커 신발을 사든 피시방에서 게임을 하든 말이다. 나는 그런 곳에 돈을 쓰지 않는다. 그러니 비싸다고 반대하는 엄마를 이해할 수 없다.

아버지가 반대하는 이유에 대해서는 더 말할 필요를 느끼지 않는다. 아버지는 나만 보면 무조건 공부, 공부니까. 공부라는 말을 아주 입에 달고 사신다. 하지만 아버지도 프라모델을 조립하는 동안에는 정신 집중이 잘 되고 스트레스가 해소된다는 걸 알면, 그렇게 반대만 하지 못할 것이다.

나는 여름방학 숙제로 프라모델을 조립하기로 했다. 기술·가정 숙제가 프라모델이든 종이 모형이든 무엇인가 조립하기였는데, 제출 마감일이 다음 주 월요일이다. 여름방학 끝나고도 아이들이 내지 않자 선생님이 마지막으로 한 번 더 연장해준 것이다.

문구점에서 프라모델을 사 왔다. 이번 주말에 조립해야 하는데 인터넷으로 주문하기엔 시간이 없었다.

나는 자동차 조립용 프라모델을 샀다. 외제차를 정교하게 본떠 만든 4만 5천 원짜리 미니어처다. 설명서를 보니 금속 재질로 되어 있어 실제 자동차의 느낌이 들고, 앞뒤 문 개폐, 핸들 조절에 따라 바퀴도 움직인다고 되어 있다.

나는 일요일 낮에 프라모델을 조립하기로 했다. 그때가 집에 사람이 없어 가장 조용하기 때문이다. 프라모델을 조립하기 위해서는 인내심과 집중력이 필요하다. 옆에서 누가 얼씬대는 것은 딱 질색이다. 때마침 엄마는 교회에 갔고 아버지는 들에 일하러 나갔다. 형도 집에 없었다. 프라모델 조립하기에 딱 좋은 시간이다.

나는 먼저 엔진룸부터 조립했다. 자동차도 그렇지만 비행기나 굴삭기 같은 걸 조립하다 보면 그것들의 작동 원리를 알 수 있다. 실물하고 거의 같은 부품을 조립하기 때문이다.

오일 탱크를 조립하고 밧데리 박스를 조립했다. 예전엔 부품이 작게 나와 조립하기 어려웠는데, 요즘엔 크게 나와 조립하기 쉽다.

엔진룸 조립을 마치고 자동차 내부를 조립했다. 운전석과 조수석 뒷좌석의 시트를 조립하고 백미러를 끼우는데 문제가 생겼다.

백미러 부품의 홈이 덜 파여 자동차 본체에 끼워지지 않았다.

몇 번을 끼워 맞춰도 안 된다.

은근히 화가 치밀어 오른다. 그러나 그럴수록 침착해야 한다.

부품 결함으로 조립이 안 되면 열 받게 마련이고, 조급증이 나 안달하게 되고, 그러다보면 때려 쳐 버린다. 한 번 때려 치면 나중에 다시 조립하는 경우도 있지만 그 매력이 처음보다 훨씬 떨어진다.

나는 다른 것부터 조립해 나갔다. 앞뒤 문을 조립하고 트렁크를 조립했다. 시계를 보니 열두 시가 넘었다. 무려 세 시간 넘게 조립한 것이다.

전체적으로 완성되진 않았지만 자동차가 부위 별로 조립되었다. 엔진룸, 앞 범퍼, 앞뒤 좌석 시트, 바퀴 등. 이제 큰 덩어리들을 끼워 맞추기만 하면 된다.

마지막으로 다시 백미러를 끼웠다. 힘을 주어 밀어도 미끄러진다. 아무래도 안 되겠다. 칼을 들고 안방으로 갔다. 가스레인지를 켜고 칼끝을 불에 달구어 백미러 끝을 조심스럽게 녹였다. 칼끝에서 푸르스름한 연기가 실낱처럼 피어오른다.

곧장 달려와 맞춰 보았다. 이번엔 틈이 너무 넓다. 오랫동안 쭈그리고 앉아 조립하다 보니 허리며 어깨가 뻐시근하다. 눈앞도 아지랑이가 낀 것처럼 흐릿하고, 엉덩이도 옴찔옴찔 좀이 쑤

신다. 한 번에 딸각하고 맞아야 하는데, 이번엔 다시 틈이 넓다니. 틈이 좁은 건 넓힐 수 있지만, 한 번 넓혀 놓으면 좁히기 어렵다.

책상 서랍을 뒤졌다. 강력본드를 찾았다. 전에 쓰다 남은 게 틀림없이 있는데 눈에 띄지 않는다. 아무리 찾아도 없다.

연필통을 뒤졌다. 밑바닥에서 그것을 찾았다. 하는 수 없다. 이것으로라도 붙이는 수밖에.

자동차가 완성되었다. 멋있었다. 길이 30여 센티, 폭 12센티, 높이 약 10센티 가량의 노란 색 스포츠 카였다.

나는 자동차를 책상 위에 놓아두고 밖으로 나왔다. 어느새 집에 왔는지 형이 마당가에서 손톱을 물어뜯으며 서 있다.

나는 만섭이네로 갔다. 만섭이도 지금쯤 무엇인가 조립하고 있을 것이다.

집에 오니, 집이 텅 비어 있다.

엄마는 교회에서 점심까지 드시고 오나 보다.

교회에서는 으레 일요일이면 예배가 끝난 후 신도들과 함께 점심을 해 먹었다. 엄마는 형 때문에 바로 집에 오는 때가 많았지만, 이따금 사정이 괜찮으면 교회에서 밥을 해 먹고 왔다.

배가 고팠다. 시계를 보니 한 시가 넘었다. 밥을 꺼내 먹으려다 참기로 했다. 조금 있으면 엄마가 올 시간이기 때문이다.

만섭이는 종이로 코끼리를 접고 있었다. 그도 플라모델을 조립하려고 했는데, 깜박 잊고 사 오지 않아 종이로 코끼리를 접는다고 했다.

내가 조립한 자동차에 비하면 만섭이의 종이 코끼리는 진짜 게임이 안 된다. 만섭이 자식은 아마도 내일 기가 선생한테 퇴짜 맞을 게 분명하다. 숙제가 조립하기이지 종이접기가 아니니까.

형이 내 방 문턱에 앉아 있다. 머리를 가슴에 처박고 이빨로 손톱을 물어뜯고 있다.

문을 열고 방에 들어갔다.

그런데, 앗, 이게 웬일인가?

조립해 놓은 자동차가 완전히 망가져 있다. 바퀴는 떨어져 나간 채 바닥에 뒹굴고, 본체도 찌그러져 내팽개쳐져 있다.

순간 숨이 콱 막히고 가슴이 벌렁벌렁 뛰었다.

"저거 형이 그랬어?"

내가 다짜고짜 형에게 물었다. 형이 침을 질질 흘리며 나를 빤히 쳐다보고 빙긋이 웃는다.

"저거 형이 그랬냐고?"

내가 다시 재촉해 묻자

"응!"

그러면서 형이 고개를 떨군다.

"이 병신!"

내가 이빨을 사려물고 형의 뺨을 후려쳤다. 얼마나 세게 쳤는지 형의 얼굴이 팩 돌아갔다. 느닷없이 얻어맞은 형의 얼굴이 고통스럽게 일그러졌다.

형이 으아아 소리 지르며 주먹을 쥐고 죽기 살기로 덤벼들었다.

나는 다시 한 번 힘껏 형의 머리통을 쥐어박았다. 형이 으아아 고함치며 눈을 부릅뜨고 덤벼든다.

"내일 내야 할 숙젠데, 망가뜨리면 어떡해?"

내 목소리에 울음이 묻어났다. 나는 화가 머리끝까지 치솟아 다시 한 번 형의 머리통을 내갈겼다. 이제까지 형에 대해 참고 참았던 불만이 한꺼번에 폭발한 것이다. 형이 물려고 덤벼들며 소리 지른다.

형이 앉은 채로 한쪽 팔을 휘둘러 나를 마구 때렸다. 나도 맞서서 마구 주먹을 휘둘렀다. 형은 나한테 얻어맞으면서도 고개를 숙인 채 죽기 살기로 주먹을 휘둘렀다.

지난 여름방학에 농활대가 왔을 때 형 때문에 한 번도 못 나간 걸 생각하면, 형이 있어서 평소 우리 가족이 겪고 있는 고통의 무게를 생각하면, 그리고 내 마음 깊은 곳에 형 때문에 생긴 불안과 창피스러움과 말 못할 공포를 생각하면, 나는 형이 그 자리에서 단박에 죽어도 좋았다.

내가 사정없이 주먹을 날리자 형이 으아아 단말마의 비명을 지르며 머리를 가슴에 처박았다. 그러면서 아이이 울부짖었다. 나는 그러는 형의 등과 어깨를 사정없이 주먹으로 내리쳤다.

형은 속수무책으로 얻어맞았다. 이제 나에게 덤벼들 생각조차 못하는지 머리를 가슴에 처박고 울부짖기만 했다. 나는 숨을 헐떡거리며 주먹을 움켜쥐고 형 앞에 서 있었다.

그때였다. 고개를 숙인 채 신음하던 형이 갑자기 얼굴을 번쩍 쳐들며 성한 손으로 내 오른 손 팔목을 휘어잡았다. 그러더니 곧장 입으로 가져가 사정없이 손등을 물어뜯었다. 우두둑 소리가 나면서 대번에 붉은 피가 뚝뚝 흘러내렸다. 순간 차가운 금속성의 이물질이 몸에 박히는 듯 가슴이 섬뜩했다.

형은 사력을 다해 손등을 물고 늘어졌다. 내가 아무리 주먹으로 내리쳐도 꿈쩍도 하지 않았다. 오로지 손등을 문 이빨에 힘을 주며 진저리칠 뿐이었다.

그때였다.

아버지가 들어섰다.

아버지는 난투극을 벌이고 있는 나와 형을 보자마자 곧장 형에게 달려들었다. 마당 구석에 세워져 있는 나무몽둥이로 형의 어깨를 사정없이 내리쳤다.

그때서야 형이 크억 소리를 내며 물었던 손을 놓았다. 공포에 일그러진 형이 두 눈을 찡그리며 울부짖었다. 그러는 걸 아버지가 달려들어 사정없이 매질했다.

"이 병신! 왜 안 죽고 지랄여."

아버지가 주먹으로 형의 목덜미며 어깨 죽지를 마구 때렸다. 형은 신음소리도 내지 못한 채 머리를 가슴에 처박고 얻어맞았다.

숨을 헐떡거리며 아버지가 매질을 멈추었다. 형이 정신을 잃은 듯 축 늘어졌다. 그러다 잠시 후 형이 입을 크게 벌리고 으아으아 운다. 침과 함께 뒤섞여 나온 피가 입술에 낭자하다.

나도 모르게 눈물이 솟구쳐 올랐다.

숙제를 망가뜨린 형에 대한 분노, 그렇다고 몸도 성하지 못한 형을 마구 때린 것에 대한 죄책감, 아버지에게 얻어맞아 피를 흘리고 있는 형에 대한 불쌍한 감정이 마구 뒤섞여, 아무리 울음을 참으려 해도 참을 수 없었다.

손등을 보니 눈물에 가려 상처가 잘 보이지 않았다. 피가 나고 욱신거린다. 눈을 깜짝거려 눈물을 지우고 다시 보았다. 선홍빛 피가 낭자하고 물린 부위가 시퍼렇게 부어올랐다.

아버지가 마루턱에 앉아 숨을 헐떡거렸다.

당장이라도 다시 매질할 기세로 아버지가 형을 노려보았다.

울음을 그친 형의 눈가에 눈물자국이 남아 있다.

아버지가 먼 산을 보며 혼잣소리로, 에잇 병신! 저런 게 왜 안 돼지고 속을 썩여, 한다.

집안에 무거운 침묵이 흐른다.

형은 형대로 나는 나대로 아버지는 아버지대로 서로 다른 곳을 보고 있다.

그러길 얼마 후, 엄마가 들어왔다.

"왜들 그려? 뭔 일 있었남?"

한바탕 회오리바람이 불고 간 걸 직감으로 느낀 엄마가 물었다.

"내 숙제를 형이 다 망가뜨렸잖아?"

엄마를 보자 다시 눈물이 비 오듯 쏟아졌다. 나는 어깨를 들썩이며 흐느껴 울었다.

"너 손은 왜 그러냐?"

엄마가 내 손을 잡았다. 쓰리고 욱신거렸다. 나는 나도 모르게 등 뒤로 손을 감추었다. 엄마가 다시 내 손을 잡았다. 흐르던 피가 자줏빛으로 굳어 있고 상처 부위가 시퍼렇게 부풀어 올랐다.

"나 없는 새 아주 난리들 쳤구먼. 그러니 교회도 맘 놓고 못 다닌당께."

그러면서 엄마가 형 입술을 살폈다. 터진 입술에서 피가 흘렀다.

"지랄하구, 어서 이리 와. 보건소에 가 약이라두 발러."

엄마가 앞장서 걷는다. 나는 마지못해 따라갔다.

보건소는 우리 집 바로 앞이다. 원래 토요일과 일요일엔 하지 않는데, 소장님이 집에 계시면 환자를 봐 준다.

"어쩌다 이렇게 됐어요? 상처가 아주 깊은데요."

소장님 말에 엄마가 삽날에 찍혔다고 둘러댔다.

"꼬매지 않아두 되것슈?"

"글쎄요. 꿰매진 안 해도 되겠는데, 이렇게 부은 걸로 봐서 뼈가 상한 것 같으네요. 아무래도 내일 병원 가서 엑스레이 찍어보는 게 좋겠어요."

그러면서 소장님이 상처 부위에 흰 가루약을 뿌렸다.

"여기선 이렇게밖에 못해요. 약이 없어서."

소장님이 손에 붕대를 감아주었다.

엄마가 입술 터진 데 바르는 약도 달라고 했다.

이빨 자국

방학 숙제는 당연히 못 냈다. 선생님이 숙제 안 낸 사람은 수행평가 감점이라고 했다. 기분이 나빴다.

만섭이가 나에게 손 왜 그러냐고 물었다. 나는 아무 것도 아니라고 했다. 손에 하얀 붕대가 감겨 있었다. 아이들이 내 손에 낙서를 했다. 볼펜이나 매직으로 해골도 그려 놓고 '한방에 간다' 같은 말도 써 놓았다.

손에 감긴 붕대를 보며 나는 권투선수가 된 것 같아 우쭐한 기분이 들기도 했다. 그러다 집에 오면 금세 우울해졌다. 형과 치고받고 싸우던 모습과, 아버지에게 얻어맞던 형의 모습이 떠올라서였다.

시간이 지나자 손등의 붓기가 빠지고 상처도 아물었다. 그런데도 흉은 남았다. 오른 손 가운뎃손가락과 약지 사이 선명하게

나 있는 이빨자국이었다.

　나와 난투극을 벌이고 난 후 형은 확실히 풀이 죽었다. 밥을 먹다가도 아버지만 보면 숟가락을 놓고 슬금슬금 피했다. 나를 보고 전처럼 웃지도 않았고, 화가 난 얼굴로 주먹을 쥐고 덤벼드는 시늉을 했다.

　그런 형을 보면 마음이 아팠다.

　형은 나에 대해 깊은 반감을 가지고 있었고, 아버지를 전보다 더 무서워했다.

　아버지가 집에 들어오면 형은 집밖으로 나갔다. 밥 때가 되어도 형은 들어오지 않았다. 아버지가 없어야 겨우 들어와 밥을 먹었다.

　굳어 있는 형 마음을 풀어 주기 위해 나는 형에게 먹을 것을 가져다주기도 했다. 빵이나 과자를 주며 '먹을 거야?' 하면, 형은 보지도 않고 머리를 가슴에 처박은 채 쌀래쌀래 내저었다. 수건으로 턱 밑 침을 닦아주려 해도 으아아 소리 지르며 싫다고 했다.

　형은 혼자 옷을 입고 벗을 줄 몰랐다. 양말이나 장갑도 마찬가지였다. 누군가가 옆에서 입혀주고 벗겨주어야 했다. 한쪽 몸이 성하지 않아 그런 일을 제대로 할 수 없었다.

　그런 일은 모두 엄마가 하기 마련이었다. 엄마는 형의 수족이나 다름없었다. 엄마가 없다면 형은 하루도 제대로 살기 어려울 것이다. 그런데도 형은 엄마 말을 잘 듣지 않았다. 엄마가 뭐라고 하면 눈을 부릅뜨고 덤벼들었다. 어느 때는 주먹을 쥐고 때리려고도 하였다. 말로 살살 구슬리면 기분이 좋아져 빙긋이 웃고 따르기도 했지만, 그러나 그런 때는 별로 없었다. 대부분 머리를 내젓거나, 어어어 하는 반항의 소리를 지르며 덤벼들었다.

몸 한쪽을 쓰지 못하다 보니 형은 무엇이든 손 대신 이빨로 해결하려 했다. 장갑을 낄 때도 이빨로 물고 잡아당겼다. 싸움을 할 때도 한 손으로 대적하다 안 되면 이빨로 물어뜯었다.

그러다 보니 형은 늘 침을 흘렸고 입이 헐어 성할 날이 없었다.

그런 형을 볼 때마다 나는 마음이 아팠다. 다른 때는 그렇지 않았는데, 형이 말썽을 일으켜 엄마 속을 썩이거나 아버지한테 혼나는 것을 보면, 왜 우리 집에 저런 형이 태어났을까 하는 생각이 들 정도로 형이 원망스러웠다.

어려서 나는 형에게 말을 가르친 적이 있다. 내가 일고여덟 살쯤 되었을 때다. 나는 형이 말을 하지 못하는 것이 너무나 이상했다. 누구나 다 하는 말을 왜 형은 못 할까 하는 의문이 머릿속을 떠나지 않았고, 급기야 나는 형에게 말을 가르쳤던 것이다.

이런 식이었다.

내가 먼저 어떤 단어를 말하고 형에게 따라하라고 했다.

"엄마."

"엄마."

"아버지."

"……"

형은 엄마라는 말밖에 하지 못했다.

다른 말은 몇 번을 반복해도 따라하지 못했다. 대신 빙긋이 웃
으며 이빨로 손톱을 물어뜯을 뿐이었다.

어떤 불행의 암흑덩어리가 형의 내부에 깃들어 있는 걸까. 어
디서부터 잘못되었는지 그 실마리를 알 수 없는 혼돈의 덩어리
가 형 속에 뒤죽박죽 엉켜 있음이 틀림없었다. 사람의 힘으로는
어찌 할 수 없는, 형을 가두고 있는 장애의 벽!

말 가르치기에 실패한 후 나는 형이 하는 행동을 유심히 관찰
했다. 형은 하기 싫은 일을 억지로 시키면 몹시 화를 냈다. 그런
일을 시키면 대번에 머리를 쌀래쌀래 내저었고, 어느 땐 주먹을
쥐고 덤벼들었다.

그러나 자기에게 잘해주는 사람을 보면 주름 깊은 얼굴에 빙
긋이 미소를 띠며 좋아했다. 으이으이 하는, 콧노래 같기도 한
이상한 소리를 내며 기분 좋은 감정을 드러내 보였다.

나는 그런 형을 보며 형에게도 생각과 감정이 있을까 생각해
보았다. 형은 어떤 일에 대한 호오(好惡)의 감정은 분명해도 생
각은 없는 것 같았다. 생각이 있다면 내일 당장 내기 위해 만들

어 놓은 내 숙제를 그렇게 망가뜨릴 수 있을까?

　나는 형을 보면 볼수록 형이 무엇을 생각하고 무엇을 느끼고
왜 그런 행동을 하는지 도무지 알 수가 없었다.

또 다른 세상에 사는 사람들

만두빚어반 선생님께서 유인물을 나누어주었다.

"오늘은 누가 진행할까?"

선생님이 우리를 둘러보았다.

모두가 고개를 숙인 채 반응이 없다.

"아무도 없어? 그럼 오늘은 내가 진행해 볼까?"

그러면서 선생님이 칠판에 사각지대(死角地帶)라고 큼지막하게 썼다.

"사각지대가 뭔지 아는 사람?"

"안 보이는 거요."

"볼 수 없는 지역요."

아이들 말에 선생님이 고개를 끄덕이며 설명을 이어 갔다.

"사각지대란 우리 눈으로 볼 수 없는 것을 말해. 운전할 때도 사각지대라는 게 있는 데, 그게 어디냐면 백미러로 볼 수 없는 곳이야. 어떤 차가 내 차 옆에 바짝 붙어서 달릴 때 백미러에 보이지 않는 때가 있는데, 그렇게 보이지 않는 곳을 사각지대라고 해."

선생님 말씀에 아이들이 고개를 끄덕였다. 만섭이는 책상에 엎드려 팔로 턱을 괸 채 그림을 그리고 있다.

선생님은 우리 눈으로 볼 수 없는 것이 있는 것처럼, 사람도 다른 사람의 시각에서 멀어져 보이지 않게 되는 경우가 있다고 했다. 그러면서 오늘은 사각지대에 대해 체험해 보자고 했다.

우리는 선생님의 진행에 따라 유인물 내용을 하나하나 해 나갔다.

1. 무엇이 보입니까?

나는 동그라미와 하트가 보인다고 썼다.

2. 사각지대를 체험해 봅시다. 사람의 눈에는 특정한 어느 순간 사물을 보지 못하는 사각(死角)이 있습니다. 믿어지지 않습니까? 자, 그러면 먼저

왼쪽 눈을 감은 후 이 그림을 든 팔을 쭉 뻗어 보세요. 그런 다음 오른쪽 눈으로 위 그림 속의 동그라미를 바라보면서 그림을 자기 앞으로 아주 천천히 당깁니다. 갑자기 ♡가 사라지는 순간이 있습니다. 이것이 당신의 사각점(blind spot)입니다. 사각점을 체험한 기분을 적어보세요.

나도 선생님의 지시에 따라 해 보았다.

그러나 ♡가 사라지기는커녕 끝까지 눈에 달라붙었다.

만섭이도 잘 안 된다고 투덜거렸다.

나는 다시 한 번 선생님의 지시대로 해 보았다. 눈길을 ○와 ♡ 사이에 고정한 후 종이를 천천히 앞으로 당겼다. 눈 앞 20센티미터 쯤 당겼을까? 정말 어느 순간 ♡가 내 눈에서 사라졌다.

"야, 된다. 돼! 정말 안 보이네. 우아, 진짜 신기하다."

옆에 앉은 만섭이 어깨를 치며 내가 호들갑을 떨었다.

나는 잘 안 되는데, 하며 볼멘소리를 내는 아이도 있고, 어 된다, 진짜 안 보이네, 하며 환호성을 지르는 아이도 있다.

선생님이 나에게 사각점을 체험한 기분을 말해보라고 했다.

"하트가 없어지는 순간 내 눈이 동그라미 속으로 빨려 들어가는 것 같았습니다."

내 말에 아이들이 오우 예, 하며 감탄했다.

선생님도 내 표현이 멋있다고 칭찬했다.

가슴이 쿵쿵 뛰었다. 내 눈이 동그라미 속으로 빨려 들어가는 것 같다니. 내가 생각해도 정말 멋진 표현이 아닐 수 없었다.

3. 위 그림에서 갑자기 ♡가 사라졌던 순간처럼 가족이나 친구들과 같이 있으면서 마치 자신이 그 자리에 없는 것처럼 느껴진 적이 있습니까? 그런 느낌을 '소외감'이라고 합니다. 소외되었다고 느끼는 나의 감정을 차분히 털어놓아 보세요.

선생님이 소외된 감정에 대해 써 보라며 시간을 주었다.
아이들이 저마다 글쓰기에 열중한다.
볼펜 하나가 떨어져도 그 소리가 들릴 정도로 교실 안이 조용하다.
이윽고 얼마나 지났을까.
선생님이 3학년 노현주 누나를 지목했다. 평소 말이 없고 조용한 누나였다. 현주 누나가 자리에서 일어나 자기가 쓴 내용을 발표했다.

저는 초등학교 4학년 때부터 학교생활이 무척 어려웠어요. 중 1, 2 때가 가장 심했죠. 쉬는 시간 종소리, 점심시간 종소리가 무서웠어요. 밥을 혼자 먹는 게 죽기보다 싫었고 또 쉬는 시간이면 항상 아이들이 뭐라고 할까 봐

무서웠어요. 그때 내가 느낀 감정이 아마도 소외감일 것 같아요. 소외되었을 때 느끼는 감정, 그건 도저히 말로 표현하기 어려워요. 베개를 끌어안고 운 적도 있고요, 밥을 혼자 먹으며 서러워 운 적도 있어요. 그런데 요즘은 밥도 같이 먹는 친구가 생겼구요, 수다 떠는 친구도 생겼어요.

　현주 누나의 목소리가 끊어질 듯 가늘게 떨렸다. 우린 모두 발표하고 있는 누나를 바라보았다. 누나의 얼굴이 홍당무처럼 빨개지고 어느 곳에서는 숨이 차는지 말을 제대로 잇지 못했다.
　누나가 자리에 앉자마자 책상에 고개를 팍 처박았다. 그러면서 책으로 머리를 감쌌다. 선생님이 얼굴 가득 미소를 머금고 박수를 쳤다. 우리도 선생님과 함께 박수를 쳤다.
　"현주한테 그런 일이 있는 줄 전혀 몰랐다. 그동안 마음고생이 심했겠구나. 정말 대단해. 자기의 말하기 어려운 부분을 이렇게 털어놓을 수 있는 용기. 현주야, 고개 좀 들어 봐. 그래, 쉬는 시간에 아이들이 뭐라고 했는데?"
　선생님이 현주 누나 가까이 다가가 말했다. 현주 누나가 고개를 들어 심호흡하며 머리를 세차게 흔들었다.
　"아뇨. 그게 아니라요. 지금 생각해 보면 아무 말도 아닌데, 제가 그렇게 거북하게 느꼈던 것 같아요. 누가 체육복 좀 빌려 달라고만 해도 괜히 가슴이 뜨끔하고⋯."

현주 누나 말에 선생님이 이어 말했다.

"그래. 진정한 의사소통은 자신의 생각이나 느낌을 말했을 때 가능한 거야. 사람은 살아 있는 이상 누구나 생각과 느낌을 가지고 있어요. 그걸 상황에 맞게 적절히 표현할 때 우린 자신을 더 깊이 드러낼 수 있고, 타인도 이해하게 되지. 그럼으로써 소외된 상황에서 벗어날 수도 있고. 만두빚어반이 바로 그런 걸 배우는 반 아니겠어?"

그러면서 선생님이 다음 발표할 사람으로 나를 지목했다.

"구승재. 승재는 어때?"

"저요? 저는 그런 적 없는데요."

"소외된 감정을 느낀 적이 없다고?"

"네."

"그래? 그렇구나. 아직까지 그런 감정을 느끼지 못한 사람도 있구나. 그런 면에서 본다면 승재는 정말 행복하겠는데?"

선생님 말에 내 얼굴이 빨갛게 달아올랐다.

"저는요. 제가 그런 감정을 느낀 게 아니라 소외된 사람들을 본 적은 있어요. 1학년 때 봉사활동 갔었는데요. 거기서 소외된 사람들을 보았어요."

"그래? 어디로 갔었는데?"

"읍내에 있는 정심원요."

"정심원? 뭐하는 곳인데?"

"장애인들이 있는 곳이에요."

"거기서 뭐 했어?"

"청소도 하고, 같이 놀아주기도 했어요."

"그러면서 느낀 점은?"

"옛날에는 장애인만 보면 옆에 가기도 싫었거든요. 그런 사람만 보면 피해 다니구요. 그런데 그때 보니까 불쌍하단 생각이 들었어요. 그 사람들도 그렇게 태어나고 싶어 태어난 게 아닐 텐데 하는 생각이 들기도 하고요."

내가 숨을 몰아쉬며 말했다. 만섭이가 나를 똑바로 쳐다보았다. 나는 만섭이에게 속마음을 들킨 것 같아 얼굴이 화끈 달아올랐다. 사실 나는 아까 현주 누나가 발표할 때부터 머리 속에 줄곧 형 생각을 하고 있었고, 그래서 혹 내가 발표하게 되면 1학년 때 봉사활동 갔다 온 이야기로 바꿔 말해야겠다고 미리 준비해 두었던 것이다.

그때였다. 선생님이 다음으로 넘어가자고 하는 순간이었다. 내내 책상에 코를 처박고 있던 종민이가 큰 소리로 "다 썼다."며 머릴 반짝 쳐들었다.

"선생님. 제가 발표하겠습니다."

종민의 말에 모두가 우아, 탄성을 질렀다.

"이종민? 좋아. 그럼 종민이가 마지막으로 발표해 봐."

선생님이 책을 교탁에 내려놓고 팔짱을 꼈다. 종민이가 자리에서 일어나 제가 쓴 글을 읽었다.

우리 고모

나에겐 고모가 둘 있다. 그 중에 작은고모는 몸은 멀쩡하지만 정신지체장애자이다. 생각의 수준은 4~5세 정도이고 판단력, 의지, 그밖에 다른 것은 유치원생보다 못하다. 그런 고모는 우리와 다른 세계에 살아가고 있다고 할 수 있다. 그녀가 생각하고, 느끼고, 판단하는 21세기의 세상은 어떤 것일까?

고모는 단순하고 무지하다. 고모와 약 3년을 같이 살았는데 정말 혼돈이 많았고 굉장히 고통스런 나날이었다. 고모가 하는 행동 하나하나, 내뱉는 말 하나하나는 나에게 큰 혼란과 고통을 주었다. 주로 고모는 자신이 한 일을 거짓으로 말한다. 그래서 옆에 있는 사람을 나쁜 놈으로 만든다. 난 앞뒤가 확실한 성격이고 누명이나 불이익을 참지 못해서 고모와의 갈등이 정말 많았다. 그래서 나는 할머니 집에서 따로 나와 살게 되었다. 그러나 세월이 흐르면서 나는 조금씩 고모를 이해하게 되었고 그녀의 세계를 들여다보게 되었다.

그녀의 세계는 우리와 사뭇 다르다. 한 마디로 단순하고 편리하다.

하고 싶으면 하고, 하기 싫으면 안 하고, 좋으면 마냥 좋고, 싫으면 어쩔 줄 모르고…. 그 사이에 내가 있고, 그녀의 세계를 개혁하기 위해 이것저 것 해보기도 했지만 역부족일 뿐……. …… 그녀의 세계 ……. 그녀와 같은 세계를 살아가는 장애인들과 함께라면 그녀가 잘 지낼 수 있을까? 그 래서 우리 가족은 죽전원(장애인재활센터)에 보내기로 했다. 죽전원은 고모 같은 장애인들의 제2의 안식처 같은 곳이었다.

죽전원에서 고모는 가장 좋은 상태를 보였다. 항상 짜증만 내던 고 모가 씩씩하고 밝은 모습을 하고 있었다. 내가 예전에 가졌던 반감이나 적개심도 좀 덜해졌다. 고모는 비슷한 사람들 속에서 자신의 세계를 만 들어가고 있었다. 그녀만의 세계에서 그녀는 여왕이고 주인공이었던 것 이다. 자신보다 정상인 사람에 치어 항상 혼자여만 했던 그녀가 이제 자 신의 세계를 만든 것이다. 정말 다행이고 또 잘된 일이다. 그녀가 자신 을 찾은 것이….

그러나 세상은 음과 양의 파도라고 했던가. 행복도 잠시, 전에 다쳤 던 골반에 이상이 생겨 그녀는 병원에서 다시 수술을 받고 지금은 할머 니 댁에서 휴양 중이다. 다시 죽전원으로 돌아갈 수 있을지는 미지수이 지만 난 고모가 다시 돌아갔으면 한다. 그녀의 세계도 존중되고 인정받 아야 한다. 그러기엔 참 불공평한 세상이지만 그날이 올 때까지 난 노 력할 것이다.

우리나라 장애인이 존엄성을 보장받는 그날, 우리나라는 복지 선진

국이라고 할 수 있을 것이다. 우리는 장애인의 세계를 느끼고 이해하고 존중해야 한다. 장애인도 우리와 같은 사회의 한 구성원이다. 이걸 명심하며 고모의 빠른 쾌유를 빈다.

종민이가 읽기를 마치고 자리에 앉았다. 그런데도 아이들은 서로의 얼굴을 바라보기만 할 뿐, 박수도 치지 않았다. 선생님도 팔짱을 낀 채 창밖을 응시했다. 한순간의 고요가 교실 구석구석에 내려앉았다.

"정말 훌륭하다, 훌륭해! 이종민. 이거 네가 쓴 것 맞지?"

선생님이 종민이가 쓴 글을 다시 읽으려는 듯 손에 들었다.

"글도 잘 썼지만, 종민이의 마음이 너무 아름답다. 그렇지 않니, 얘들아? 장애인 고모를 바라보는 시각과 그로 인해 겪는 마음의 갈등이 너무 잘 표현되어 있어. 자, 우리 다 같이 종민이를 위해 힘찬 박수를 한 번 쳐 주자."

그제야 교실에 우뢰와 같은 박수가 터졌다. 종민이 부끄러운지 얼굴을 붉히며 손가락으로 V자를 만들어 흔들었다.

종민네 집

전에도 종민이는 자기 집 이야기를 있는 그대로 했었다. 언제였더라? 맞다. 전에 만두빚어반 시간이었다. 〈마음을 열어요〉 마당을 진행할 때, 종민이는 자기 엄마와 아빠가 별거하고 있다고 했다. 엄마는 중국에 있고, 아빠는 서울에 있다고 했다.

나는 아무 거리낌 없이 자기 집 이야기를 발표하는 종민이에게 마음이 끌렸다.

만섭이와 함께 종민네 집에 갔다. 전부터 나는 종민이와 친해지고 싶어 그와 부쩍 잘 어울렸다.

같은 반은 아니었지만 우린 급식을 먹을 때도 늘 같이 먹었다. 아침에 학교 오면 실내화 축구도 어김없이 같이 했고, 쉬는 시간에도 늘 같이 만나 복도나 교실에서 장난치며 놀았다.

내가 종민에게 관심을 가지면서 그리 된 것인데, 종민이도 나와 친하게 지내는 걸 좋아했다.

나는 종민네 집에 갔다. 만섭이가 종민이 컴퓨터에 있는 게임을 복사한다고 하여 같이 가게 되었다.

종민네 집은 읍내 아파트였다. 지은 지 오래되어 겉에서 보아도 건물이 몹시 낡았다. 외벽에 금이 쩍쩍 가 있고 창틀에서 흘러내린 녹물에 벽면이 울긋불긋 흉물스러웠다.

종민네 집은 4층이었다. 전부 5층 아파트인데 엘리베이터도 없었다. 우린 가방을 어깨에 메고 계단을 뛰어 올라갔다.

"너네 집에 누구 있어?"

"아무도 없어. 우리 고모밖에는."

"할머니 있다며?"

"할머닌 일하러 갔어."

"언제 오시는데?"

"여덟 시는 돼야 와."

"그때까지 그럼 집에 아무도 없는 거야?"

"응."

"우리 라면 끓여 먹을까?"

만섭의 말에 종민이가 좋다고 했다.

"내가 내려 가 사 올게, 너희들은 402호 문 앞에서 기다려."

종민이가 가방을 내게 맡기고 후다닥 뛰어 내려갔다.

집안이 어둑어둑하다. 좁은 거실에 텔레비전이 있고, 싱크대 옆에 놓인 대형 냉장고가 이물스럽게 느껴진다. 대각선으로 비쳐든 햇살이 거실 바닥에 보자기만한 빛 무늬를 그리고 있다.

잠시 후 안방 문이 열리고 종민이 고모가 나왔다. 부스스한 머리에 헐렁한 쉐타를 걸치고 잠옷 바지를 입었다. 나무 지팡이를 짚고 한쪽 다리를 절룩거리며 나온 고모가 우리를 보고 어설프게 웃었다. 잇몸이 헤벌쭉하게 드러나고 한쪽 눈을 자꾸 찡긋거렸다.

"왜 나와. 들어가 있어."

종민이가 고모를 막아섰다.

"누구야, 누구야? 친구야?"

종민이 고모가 번죽번죽 웃으며 말했다.

종민이가 그렇다며 고모를 방 안에 밀어 넣었다. 고모가 몸을 비틀며 들어가지 않자 종민이 빨리 들어가라며 윽박질렀다.

"나도 라면 먹을래. 라면 줘, 응?"

종민이 들고 있는 라면 봉지를 보고 고모가 말했다.

"밥 먹었잖아?"

종민이 목소리를 높이자

"나 밥 안 먹었어. 나도 라면 줘. 라면 먹을래."

고모가 어린애처럼 칭얼댔다.

종민이 끓여서 주겠다고 하자 고모가 그 때까지 여기서 기다리겠다고 한다.

"빨리 안 들어가?"

종민이 목소리에 다시 힘을 주어 소리쳤다.

"빨리 들어가. 들어가 있으면 갖다 줄게."

종민이 고모의 어깨를 떠밀었다.

"여깄을래. 여기 있다 나두 먹을래."

종민의 고모도 지지 않았다.

종민의 얼굴이 붉어졌다.

"좋아. 여기서 한 발자국도 더 나오면 안 돼. 알았어?"

종민이 말하며 가스레인지에 냄비를 올렸다.

"네 방은 어디야?"

만섭의 말에 종민이 화장실 쪽 방을 가리켰다. 문을 열자 방 안에 책상과 의자 옷걸이가 놓여 있다.

종민이 컴퓨터를 켜 주었다. 초기화면에 어떤 여자가 환하게 웃고 있다.

"누구냐?"

"우리 엄마."

"중국에 있다는?"

"응. 중국 천진에 있어. 거기서 미장원 해."

"한국엔 자주 오니?"

"일 년에 한두 번."

"왜 중국까지 갔어? 우리나라에서 하지 않고?"

"나도 잘 몰라. 원래는 서울에서 했는데 거기 미장원 사장이 중국으로 가면서 따라간 거야."

"너네 아빠는?"

"우리 아빠? 아빤 그래도 자주 오셔. 한 달에 한 번 꼴로. 여기 할머니도 계시고 고모도 있으니까."

"너네 고모는 죽전원에 있었다며?"

"응, 거기 있었는데 지금은 다쳐서 집에 와 있어. 나도 요 옆에 있다가 잠시 할머니한테 와 있는 거야. 아빠는 계속 할머니하고 있으라는데, 엄마가 반대거든. 엄마는 밥은 할머니 집에 와 먹더라도 고모랑 따로 떨어져 있으래. 전에 엄마가 한국에 왔을 때 방을 하나 얻어 줬거든."

종민은 벽에 사진을 도배하듯 붙여 놓았다. 혼자 찍은 사진도 있고, 엄마와 같이 찍은 사진도 있다. 그러나 아빠 사진은 한 장도 없다.

"야, 너희들은 컴퓨터 하고 있어. 난 라면 끓일게."

종민이 밖으로 나갔다. 만섭이 컴퓨터에 usb를 꽂았다.

게임이 복사되는 동안 만섭이 여기저기 폴더를 클릭한다. 게임, 음악, 엽기 동영상 같은 파일이 모아져 있다.

무슨 파일인가 클릭하니 'Cherry Flower'란 자막이 뜨고 경쾌한 음악이 흘러나온다. 잠시 후 자막이 지워지면서 침대 위에서 서양 여자 둘이 옷을 벗으며 서로의 가슴을 만지고 키스한다.

"오 예! 이거 끝내준다!"

만섭이 주먹을 모아 쥐고 부르르 몸을 떤다. 나도 눈을 모니터에 바짝 들이대며 침을 꼴깍 삼켰다.

두 여자가 서로의 가슴과 엉덩이를 애무하는 사이 흑인 남자 하나와 백인 남자 하나가 들어선다. 남자들은 들어오자마자 윗도리를 벗고 바지를 벗었다. 털로 뒤덮인 몸 근육이 우람하기 그지없다. 영어로 뭐라 뭐라 쏼라대는데 한 마디도 알아들을 수 없다.

네 명의 남녀가 곧 침대 위에서 신음소리를 내며 뒤엉킨다.

그때였다. 밖에 나갔던 종민이가 들어왔다.

"야, 너 이거 어디서 났어?"

컴퓨터 화면에 눈을 떼지 못한 채 내가 물었다. 만섭이는 이것마저 usb에 담아가야겠다며 난리다.

"어, 그거? 다운받은 거야."

종민이 아무렇지 않게 말했다.

"어디서?"

"찾아보면 있어."

"미성년자는 못 들어가잖아?"

"그래도 다 하는 수가 있지."

"어떻게?"

"짜식 떨하긴. 우리 고모가 있잖아."

그러면서 종민이 보란 듯이 미소 지었다.

종민의 말에 의하면 음란 사이트를 뒤지고 다니다 보면 이보다 더 야한 것도 얼마든지 많으며, 그는 고모의 주민번호를 이용해 회원가입 했다고 한다. 그가 다른 사이트에도 들어가 보여주었다.

사고

　나와 만섭이는 종민네 집에서 담아온 야동 usb를 하나씩 나눠 가졌다.

　나는 그것을 내 방 책꽂이에 있는 수학 문제집 속에 감춰두었다.

　그리고 공부하다 지루하거나 졸리면 그걸 보았다.

　그러면서 자위도 하였다.

　동영상을 보다 보면 자연스레 사타구니 쪽으로 손이 가고, 그러면서 자위도 하게 되었다.

　자위를 하고 나면 알 수 없는 야릇한 피로감 같은 게 밀려들었다.

　나는 종민이가 말한 다른 음란 사이트도 뒤지고 다녔다. 그러다 성인 인증 창이 뜨면 형 주민번호를 입력했다. 한번 클릭하면 수십 개의 창이 연달아 뜨기도 했다.

일요일.

교회에 다녀온 엄마가 형을 찾았다.

"못 봤는데. 아침부터 집에 없었어."

내 말에 엄마가 대문 밖으로 나갔다. 버스 정류장 의자에 앉아 있나 보기 위해서였다. 그러나 그곳에도 없는지 엄마가 형을 크게 불렀다. 형은 맑고 따뜻한 날이면 집에 붙어 있지 않았다. 여기 저기 동네 골목을 쏘다녔고, 누구네 집에라도 대문이 열려 있으면 들어가 손에 잡히는 대로 물건을 들고 왔다.

"얘가 또 어딜 간 겨. 밥때 되면 집에 있다 밥이나 먹을 것이지."

엄마가 동동걸음으로 들어와 혼잣소리로 말했다.

아버지가 뒤꼍에서 고추를 한줌 따 가지고 나왔다. 뒤꼍 텃밭에 심은 건데 밭에 심은 것보다 알이 굵고 붉다.

"이 위 주만이 이장 결혼하다더먼."

엄마가 밥상머리에서 말했다.

"결혼? 누구랑?"

"누군지 모르는디 강원도 여자랴."

"강원도? 누가 그려?"

"아까 교회 갔는디 사람들이 그러데."

그러면서 엄마가 말을 이었다.

"지난여름 중매쟁이 소개로 선을 봤댜. 여기 청양까지 각시될 사람허구 장모될 사람이 와서 만났다더먼. 장인 될 사람은 벌써 죽었구, 다른 형제들도 없댜. 달랑 둘이라더먼."

"그려? 주만이 이장이 올해 몇이지?"

"서른일곱 아녀? 당신보다 아홉 살 아래니께 서른일곱 맞을 겨. 요새 이런 농촌에 누가 시집오려고 하간? 그나마 늦장가라도 들게 돼 다행이지."

엄마가 고추를 와삭 깨물며 말했다.

"여자는?"

"글쎄, 서른 넘었다던가. 아무튼 처녀랴."

"이 위 아줌니가 제일 좋아하겠구먼. 맨날 만나기만 허면 주만이 이장 장가 못 가 애태우더니."

"말허면 뭣혀. 그 아줌니 이장 장가가면 동네방네 춤추고 다닐 겨."

밥을 먹으며 우리는 주만이 아저씨 결혼 이야기로 꽃을 피웠다.

엄마와 아버지 그리고 내가 이렇게 대화를 나누며 밥을 먹은 게 언제였던가 기억이 새롭다.

얼핏 형만 없다면 우리 집도 이렇게 평화스러울 수 있다는 생각이 들었다.

마당가 푸른 하늘에 고추잠자리가 한가롭게 난다.

"그런데 이 자식은 어딜 간 겨?"

엄마가 빈 그릇을 포갬포갬 포개며 말했다. 대문을 바라보는 엄마의 눈길에 걱정의 빛이 역력하다.

엄마가 밥솥 뚜껑을 열어 밥이 얼마나 남았는지 확인한다. 형이 먹을 밥은 충분하다며 상을 번쩍 들어 마루에 내놓는다.

아버지가 아으윽 기지개를 켠다.

나도 그만 졸음이 와 자고 싶다.

그때였다.

대문이 덜컹 열리고 동네 할머니 한 분이 뛰어들었다.

"아이구, 동상. 큰일났어."

할머니가 숨이 막히는지 다음 말을 잇지 못했다.

"왜유? 왜 그류?"

엄마가 급히 마당으로 내려섰다.

"걔, 큰애 이름이 뭐지? 승운인가 승몬가, 걔 지금 사고 났어."

"사고유? 무슨 사고?"

"걔 다리에서 떨어졌어."

"이? 다리서?"

엄마가 기겁을 하며 나를 불렀다.

"얘, 승재야! 너 이리 나와 봐."

엄마가 뒤도 돌아보지 않고 밖으로 달려 나갔다.

내가 엄마 뒤를 따르고 아버지가 내 뒤를 따랐다.

마을 한가운데에 개울이 흐르는데, 새로 길이 나면서 차가 다닐 수 있도록 놓은 다리였다.

다행이 형은 물에 처박히지 않고 풀덤불에 떨어져 있었다.

엄마가 사색이 되어 달려 내려갔다.

나도 따라 내려갔다.

형은 ㄱ 자로 쑤셔 박혀 꼼짝도 하지 못했다. 으으 하는 종잇장 같은 신음만 입가에 흘리고 있었다. 엄마가 형 어깨를 잡아 일으켜 세웠다. 머리가 깨져 이마에 피가 낭자하다.

"아니 어쩌다 다리에서 다 떨어져."

엄마가 절망스럽게 소리쳤다.

"승운아. 이리, 이렇게 해봐."

엄마가 형 머리를 손으로 받쳐 들었다. 오른쪽 머리가 찢어져 살갗이 너덜대고 피가 불쿡불쿡 솟았다. 어떻게 손을 써야 할지 난감했다.

"당신이 애 업어!"

엄마가 아버지에게 명령조로 말했다.

"빨리 업구 보건소로 가!"

엄마가 울부짖었다.

아버지가 형을 등에 업었다. 축 늘어진 팔이 힘없이 덜렁댔다.

아버지가 있는 힘을 다해 달렸다. 내가 뒤따르며 형 어깨를 잡았다.

마을 사람들이 옆으로 비켜서며 어찌된 일인지 어리둥절해했다.

엄마가 헐레벌떡 뒤따르며, 아이고 소리를 연발했다.

보건소 문을 두드렸다.

"이봐요, 이봐요! 소장님! 쾅쾅쾅!"

그러나 아무런 인기척이 없다.

"승재야. 너 집에 가서 수건 좀 가져와!"

엄마가 거의 숨넘어가는 소리로 말하며 다시 보건소 문을 두드렸다.

"소장님! 안에 계슈? 아무도 없슈? 쾅쾅쾅!"

"아이고, 하필이면 이런 때 문이 닫혔어."

엄마가 절망스럽게 말하며 형을 버스 정거장 의자에 뉘라고 했다. 아버지가 두 발에 힘을 주어 버티고, 나와 엄마가 형을 안아 시멘트 의자에 뉘었다.

엄마가 수건으로 형의 상처를 꾹 눌렀다.

불쿡불쿡 솟는 피가 하얀 수건을 붉게 적셨다.

"여보! 당신 이리와 여기 이렇게 누르고 있어."

엄마가 아버지에게 상처를 틀어막으라고 한 후 집으로 뛰어

갔다.

"승재야! 너 빨리 택시 불러! 청양으로 전화해 택시 오라고 혀!"

엄마가 지혈제와 아버지 메리야스를 들고 나왔다.

"이렇게 좀 해 봐."

엄마가 수건을 떼고 상처를 살폈다. 떨어지면서 머리를 돌에 찧었나 보다. 두피(頭皮)가 새끼손가락만큼 찢어져, 거기서 피가 솟구쳐 나왔다.

엄마가 너덜대는 살갗을 바로한 후 지혈제를 뿌렸다.

형이 으 으 신음한다.

엄마가 아버지 메리야스를 쫙 찢어 형 머리를 꽉 묶었다.

"승운아. 괜찮어, 인제 괜찮어. 엄마여. 그래 얼마나 놀랬어."

엄마가 형의 머리를 감싸 쥐고 아기 달래듯 형을 안심시킨다.

"쯧쯧! 아니 어쩌다 다리에서 떨어졌댜?"

"빨리 병원 가야 혀. 택시 불렀니?"

"택시 갖고 안 되여. 언제 올 줄 알어? 그러니께 그 뭐지? 119 있잖여? 글루 연락혀. 그래야 빨러!"

어느덧 모여든 동네 사람들이 한 마디씩 했다.

나는 아차 싶었다. 캄캄하던 머리 속에 반짝 불이 들어오는 느낌이었다. 나는 다시 집안으로 뛰어 들어갔다. 119에 전화했다.

택시보다 구급차가 먼저 도착했다.

구급 요원 둘이 형을 간이침대에 옮겨 차에 실었다.

아버지는 앞에 타고 나와 엄마는 뒤에 탔다.

차가 경광등을 번쩍이며 쏜살같이 달렸다.

엄마가 형 팔 다리를 주무르며, 그러니 집에 있다 밥이나 먹지 왜 그렇게 동네를 쏘다니느냐고 형을 나무랐다.

응급실은 한산했다.

의사가 형 머리를 묶은 천 조각을 풀었다.

"승운아. 눈 좀 떠 봐."

엄마가 염려스럽게 말했다.

형이 눈을 가늘게 뜨고 신음했다.

"의식은 있죠?"

아버지 말에 의사가, 여기 이렇게 눈도 뜨잖아요? 하며 무표정하게 말했다.

피는 멈춰 있었다. 박박 깎은 알머리에 머리칼이 조금 자랐는데, 그 머리칼 사이사이 피가 스며들어 자줏빛으로 굳어 있었다.

"교통사곤가요?"

의사가 상처를 살펴보며 말했다. 목소리가 작아 잘 들리지 않았다.

엄마가 뭐라고 했느냐고 물었다.

"교통사고냐고요."

"아뉴. 동네 다리서 떨어졌슈."

엄마 말에 의사가 그래요? 하더니 엑스레이부터 찍어야 한다
고 했다.

"다른 데는 괜찮은 것 같고 목뼈가 어떻게 됐는지 봐야겠어요.
목뼈에 금이 갔거나 하면 골치 아프거든요."

의사가 몸을 돌려 아버지에게 말했다.

목뼈에 이상은 없었다. 의사가 천만다행이라고 했다. 목뼈에
이상이 있으면 신경 계통에 문제가 생겨 식물인간이 되거나 심
하면 사망하기도 한다고 했다.

응급처치가 이루어지는 동안 우리는 병원 현관에 나와 있었다.

"어이구 지겨워. 저런 게 왜 태어나서…."

아버지가 버럭 짜증을 냈다.

엄마는 아무 말이 없다. 눈을 꿈벅거리며 깊이 한숨만 내쉬었
다. 그러는 엄마 모습이 슬퍼보였다.

벽에 걸린 텔레비전에서 삼성과 현대 간 배구 대회를 중계하
고 있었다.

시계를 보니 네 시가 가까워졌다.

평화롭던 일요일 오후가 이렇게 예기치 않은 일로 무참히 망
가져 버렸다.

"아무래도 며칠 입원해야겠어요."

의사 말에 엄마가 입원이라니 당치도 않다며 펄쩍 뛰었다.

"입원 못 해유. 성한 사람 같으면 혼자 입원해 있으면서 화장실도 가고 하겠지만 애는 누구 하나 옆에 붙어 있으야 허는디, 이 바쁜 가을에 누가 붙어 있겠슈? 들에 나가면 헐 일이 태산인디."

엄마의 완강한 태도에 의사가 난처해 했다.

"일단 치료는 했는데요. 상처가 워낙 커서 며칠 동안 두고 봐야 할 것 같아요. 곪을지도 모르고."

"그래도 입원은 못 허유. 입원이 다 뭐유."

엄마가 그러면서 집 앞에 보건소가 있으니 거기서 치료를 받으면 안 되겠냐고 했다. 거기서 치료받다 문제가 생기면 다시 병원에 오겠다고 했다.

의사가 그렇게 하라고 했다. 먼저 약을 지어줄 테니 먹이고, 이상 없어도 3일 후에 한번 병원에 나오라고 했다.

"3일은 무슨 3일여. 이상 없으면 그만이지."

돌아오는 길 택시 안에서 엄마가 볼멘소리로 중얼거렸다.

신주만 아저씨 부인

엄마가 나에게 주만이 아저씨 결혼식에 가겠냐고 했다. 나는 안 간다고 했다. 결혼식이 읍내에 있어 잠깐 갔다 와도 되지만, 2학기 중간고사를 앞두고 수행평가가 많아서였다.

"당신두 안 가?"

엄마가 거울 앞에서 화장을 하며 아버지에게 말했다. 화장하는 엄마 모습을 언제 보았는지 기억도 나지 않는다.

로션을 바르고 눈을 깜작거리며 눈썹을 다듬고 마지막으로 입술에 루즈를 바르자 거울 속에 화사한 엄마의 얼굴이 도드라져 보였다.

"당신 안 가?"

아버지한테서 아무 대답이 없자 엄마가 입술을 옴쏙거리며 다시 물었다.

"난 안 가. 당신이나 갔다 와."

아버지 말에 엄마가 염려스런 표정을 지었다.

"그래두 아래윗집 간인디 안 가면 서운하잖을라나?"

"안 가두 괜찮여. 지금이 농촌서는 최고 바쁜 땐디 결혼식이라구 다 댕길 수 있나?"

그러면서 아버지는 밭에 가서 들깨를 베어야겠다고 했다.

"그런데 뭔늠의 결혼을 그렇게 서둘러서 헌댜?"

"신부 쪽에서 서둘렀대유. 식구도 없는데 격식 같은 거 따지지 말구 빨리 허자구."

"그래두 그렇지. 선본 지 한 달두 안 됐잖여?"

"왜 그래두 한 달은 돼 가느면."

"허긴, 요즘 사람들은 뭔 일을 해도 번갯불에 콩 궈 먹듯 빨리 해치우니께."

엄마가 말하며 핸드백을 들고 일어섰다.

"부조는 얼마나 혀?"

"얼마긴? 3만 원이지."

"3만 원은 적잖여? 5만 원 허지."

아버지 말에 동네 사람 모두 3만 원 한다며 엄마가 말했다.

형이 추녀 밑에 서 있다 엄마가 나가는 것을 보고 웅웅 했다. 왼손 손가락 세 개를 펴 들고 웅웅대는 것으로 보아 갔다 언제 오느냐고 묻는 것이다. 형은 누가 언제 오느냐고 물을 때마다 손가락 세 개를 펴 보이며 응응거렸다.

"금방 갔다 올 겨. 이 위 주만이 아저씨 알지? 그 아저씨 오늘 장가간다. 어디 나가지 말구 집에 있어. 엄마두 없는데 나갔다가 다치면 큰 일 나. 이따 승재가 밥 차려주거든 그거 먹구. 맛있는 거 많이 싸올 게 집에 있어, 이?"

엄마가 형에게 알아듣게 당부했다.

형이 그 말을 들었는지 응응 하며 빙긋이 웃는다. 손톱을 물어뜯으며 침을 흘려 턱밑이 지저분하다.

형은 엄마가 집 비우는 것을 싫어했다. 전에 나와 싸우고 아버지한테 얻어맞은 후부터 더욱 그랬다. 형에게 엄마는 유일한 원군이었다. 화가 나면 혼낼 때도 있지만, 엄마의 몸에서 나오는 따뜻한 무언가가 형을 감싸주고 있는 것 같았다.

형이 어느새 밖에 나갔는지 집에 없다.

아버지도 들에 나가고 집안이 텅 비었다.

책을 펴고 앉았다. 좀이 쑤시고 졸음이 밀려온다.

젠장! 이놈의 공부, 이놈의 시험은 누가 만들었는지 모르겠다.

신주만 아저씨 부인은 뚱뚱했다.

그녀는 결혼 후 한 번도 집 밖에 나온 일이 없었다. 그런데 내가 어떻게 그녀를 보았냐면 우리 집 텃밭에 박힌 돌을 빼내다 그만 괭이자루가 부러져 주만 아저씨네로 빌리러 간 적이 있었다.

주만 아저씨 집엔 그녀 밖에 없었다.

나는 괭이를 빌리는 짧은 시간에 곁눈질로 그녀가 어떻게 생겼는지 살펴보았다.

그녀는 몸은 뚱뚱했지만 목소리는 소녀처럼 가늘었다. 얼굴은 둥글고 눈은 단추처럼 동그랗고 머리는 갈색으로 염색하여 파마를 하였다.

그녀는 괭이가 무엇인지 잘 모르는 것 같았다. 처음 그녀는 내가 괭이를 빌려 달라고 하자 삽을 내주었다.

그녀는 집에 있는데도 화장을 짙게 했다. 건네주는 괭이를 받기 위해 그녀 곁에 다가갔을 때 라일락 향기 같은 진한 화장 냄새가 훅 끼쳤다.

할머니와 노총각이 살던 우중충한 집에 그녀는 확실히 화사하게 피어나는 봄날의 꽃나무 같았다. 내가 보기에 뚱뚱하긴 했지만 그녀는 우리 동네에서 가장 젊고 아름다웠다.

학교가 파한 후 나는 곧장 집으로 왔다.

버스에서 내리자 엄마와 주만 아저씨네 할머니가 집 앞에서 이야기하고 있었다. 엄마 머리에 수건이 씌어 있고, 주만 아저씨네 할머니 손에 비닐 부대와 마대가 들려 있었다.

안녕하세요, 내가 인사하자 학교 갔다 오니, 주만네 할머니가 말했다.

엄마가 씻고 들어가 냉장고에서 과일을 먹으라고 했다.

"그러지 말구 아줌니. 이리 들어와 담배 한 대 태우고 가셔."

엄마가 주만네 할머니를 집으로 끌어 들였다.

할머니가 들어와 마루에 앉았다. 엄마가 냉장고에서 주스를 가져다 할머니에게 따라주었다.

"이 집은 벌써 콩두 거뒀내벼."

할머니가 헛간에 쌓아 놓은 콩 다발을 보고 말했다.

"거둬다 놓긴 했는데 투드릴 시간이 있남유."

"그래두 비 안 맞았으니 다행이구먼. 우리 것은 엊그제 온 비 다 맞아서 오늘 아침 보니께 허옇게 싹이 나려고 허더먼."

"아니 그 집 장정이 둘이나 되면서 왜 콩을 비 맞혔대유?"

"장정이 둘이라니? 뭐가 둘이여?"

할머니가 담배에 불을 붙이며 물었다.

"둘 아뉴? 주만이 이장허구 새악시허구."

새악시라는 말에 할머니가 손을 홰홰 내저었다.

"아이구, 말두 말어. 나 개들 땜에 속 썩는 거 생각허믄."

할머니 말에 엄마가 왜 무슨 일로 그러냐며 웃었다. 결혼한 지

한 달이 넘도록 집 밖에 나오지도 않아 얼굴도 한 번 보지 못한 터에, 결혼 생활이 어떤지 자못 궁금해 하는 눈치였다.

"말 말어. 상전두 그런 상전 없으니께."

그러면서 할머니가 말을 이었다.

"아침 몇 시에 일어나는 줄 알어? 언제나 아홉 시 넘으야 혀. 해가 발끈 떠 추녀 밑까지 핥으야 겨우 일어나."

"주만이 이장은 일찍 일어나잖유?"

"주만이야 일찍 일어나지. 걔야 결혼 전이나 후나 똑 같어. 그런데 그 메느리가 그렇게 게을러 터졌단께."

"일찍 좀 일어나라고 허유. 깨우던가."

"말을 왜 안 하간? 알아들을 만큼 했지. 그런데도 꿈쩍 안 혀."

"집에서 아무 일두 안 허잖유?"

"아무 일두 안 혀. 화장허구 먹구 자구 테레비 보는 거 밖에 없어."

"먹는 것도 아줌니가 다 해서 바치남유?"

"그러지. 내가 다 해서 바치지. 그러니께 상전이라지. 내가 아침 해서 차려놓으면 저는 일어나 먹는 게 일이여. 가끔 내가 들에 나가 있을 때 점심 몇 번 했구먼."

그러면서 주만네 할머니가 볼이 옴쏙 들어가도록 담배를 빨았다.

"원, 젊은 애가 깝깝하지두 않나. 하루 종일 방 안에 틀어박혀 테레비나 쳐다보구. 그리구 어디다 어떻게 해 댔는지 한 달에 전화비만 10만 원두 넘게 나온댜. 아주 말을 안 허니께 그렇지 내 속이 시커멓게 타."

할머니가 주먹으로 가슴을 쾅쾅 쳤다.

"그래서 한 번은 내가 주만이헌테 그 장모되는 사람 전화번호 좀 알려달라구 혔어. 결혼 할 때 달랑 얼굴 한 번 보고, 지금까지 전화 한 통 없어서 내가 전화 좀 해 볼려구. 그랬더니 집 전화는 없구 핸드폰만 있댜. 우리 같은 사람들이 핸드폰 걸 줄 아남? 주만이헌테 해보라고 했더니 또 받지를 않네."

할머니가 뭐가 뭔지 통 알 수 없다며 한숨을 쉬었다.

"그러니께 아줌니 말은 메느리 허는 짓이 이상하다 이거유?"

"아녀, 이상하긴. 이상한 건 없는데 어쨌든 선볼 때부터 지금까지 사돈 댁 사람이라고는 그 친정 어메라는 이 하나밖에 못 봤으니께 하는 소리여. 전화를 해두 안 받구."

할머니가 담배 든 손을 홰홰 내저었다. 그러면서 이런 시골로 시집와서 일을 안 하는 건 그렇다 쳐도 바깥출입 한번 하지 않는 며느리가 이상하다는 것과, 엉덩이 한 번 달싹거리지 않고 하루 종일 텔레비전 앞에 사는 며느리가 탐탁지 않다고 했다.

그 때 대문이 열리고 형이 들어왔다.

형은 한쪽 손을 바지 속에 넣고, 이빨로 손톱을 물어뜯고 있다. 주만이 아저씨네 할머니를 보자 형이 빙긋이 웃었다. 그 바람에 침이 턱 밑으로 흘러 가슴팍에 떨어졌다.

엄마가 바지 속 손을 빼라고 하자 형이 얼른 손을 뺐다.

"밖에 나가지 말고 집에 있다 저녁 먹어."

엄마 말에 형이 응, 대답했다.

엄마가 마루에 놓인 아버지 담뱃갑에서 담배를 꺼내 할머니에게 건넸다.

"결혼할 때 살림 장만은 누가 했슈?"

"누가 하긴? 우리가 다 했지. 살림이래야 테레비 냉장고 세탁기가 전부지만, 우리가 다 장만했어. 그 집은 아예 처음부터 아무 것두 허지 말라구 했지. 우리 주만이 양복 한 벌 허구, 나 해 입으라고 중국산이라나 뭐나라 비단 한 필 보냈더면. 시계니 반지니 예물 얘기 나오길래 그런 건 다 그만두라고 했어."

"돈은 얼마나 들었대유?"

"몰러. 얼마나 들었는지. 주만이 걔가 이것저것 알아서 했으니께. 암만해두 천자 하나는 넘어 들었을껴."

주만이 할머니가 쩝쩝 입맛을 다셨다.

"아직 소식 없남유?"

"소식? 무슨 소식? 아직 없어. 있다고 해두 벌써 있겠어? 인제 결혼한 지 한 달 좀 지났구먼."

주만네 할머니가 땅바닥에 담뱃불을 꾹 눌러 껐다.

"전에 한 번 주만이헌테 물어봤는디, 걔들은 애 낳고 나면 여기 이 동네서 안 산댜. 도시로 나가 산댜. 그때까지만 이 시골서 산댜."

"축사에 있는 소는 다 어떡허구유?"

"소는 다 처분헌댜. 그러잖아두 요새 그 떠들썩한 거 있잖여? 눈만 뜨면 테레비에서 떠들어대는 거 말여. 그 한미 에프티에라나 뭐라나 땜에 인제 앞으로 소두 못 멕인댜."

"아줌니는?"

"나? 나 뭐?"

"아줌니는 그때 가서 어떻게 하냐구요."

"나야 여기 이 동네서 살으야지. 늙은이가 도시 가서 뭐하게. 애나 봐 준다면 모르까."

"애 봐주는 것두 못헐 짓유. 이런 시골처럼 마음대로 나다닐 수가 있나."

"아이구 그려. 날랑 여기서 살다 죽으야지."

주만네 할머니가 아함 하품했다.

해 그림자가 추녀 밑에 짙은 그늘을 드리웠다.

"아이고, 앉아서 얘기하다 보니 벌써 해 다 갔네."

주만네 할머니가 비료 부대와 마대 자루를 챙겨들고 일어섰다.

나는 얼른 방에서 뛰쳐나와 안녕히 가시라며 냉큼 허리를 굽혀 인사했다.

그때까지 형은 대문 간 추녀 밑에서 손톱을 물어뜯으며 서 있다.

"얘 머리는 다 나섰남?"

주만네 할머니가 걸음을 멈추고 형 머리를 살펴보았다.

"여기 이 흉이 그때 다리에서 떨어져 생긴규."

엄마가 형 머리의 흉터를 어루만졌다.

"쯧쯧. 아, 얼마나 놀랬어. 그러게 앞으론 그런 데 절대 가지 마, 이?"

할머니가 형의 얼굴을 쓰다듬으며, 아이구 이뻐 아이구 이뻐 하자, 형이 빙긋이 웃기만 한다.

행방불명

머칠째 하늘이 잿빛으로 흐리다.

아침저녁으로 쌀랑한 바람이 가슴 살품을 파고든다.

텔레비전에서도 이미 강원 산간 지방에 첫눈이 내렸다는 것과, 중부 내륙 지방에도 눈이 곧 올 거라는 일기예보를 하고 있다.

가을걷이가 마무리되어 가는 집안에 어느 때보다 고즈넉하고 풍성한 기운이 감돈다.

갈무리한 햇곡식들이 부대에 담겨 쌓이고, 양지 바른 마당에 널어놓은 고추들이 빨갛게 익어 갔다.

아버지는 들에 나가 추수 뒤의 논을 정리했다.

엄마는 집 뒤 텃밭을 오가며 배추와 무를 뽑아 헛간에 놓았다.

나는 이제 곧 보게 될 기말고사 시험에 신경이 자못 날카로워져 있었다. 지난 번 중간고사 성적이 잘 나오지 않아 아버지한테 혼쭐이 난 터였다.

나는 다른 때보다 집에 늦게 왔다.

"너희들 집에 가 봐야 게임밖에 하는 거 없지? 그러니까 아무 말 말고 전원 남아서 공부하다 가도록."

엄명에 가까운 담임선생 말에 따라 우리 반 모두가 학교에 남아 자습을 하다 왔다.

집에 오니 마당에 불이 환하게 켜 있고 집안이 조용하기만 하다.

안방의 텔레비전 소리가 우렁우렁 들린다.

인기척을 내자 엄마가 방문을 연다.

"어서 와라."

엄마가 가방을 받으며, 밥 먹고 씻을 거냐고 물었다.

"아버진?"

"아버진 방에 계셔."

"주무셔요?"

"그런가 보다."

안방을 들여다보니 아버지는 벽 쪽으로 누워 잠들어 있고 술 냄새가 확 풍긴다.

"아버지 술 드셨어?"

"이, 저녁 먹으며 소주 몇 잔 허더니 곯아떨어졌어."

"형은?"

"글쎄다. 아직 안 들어왔어."

엄마 목소리에 걱정기가 묻어 있다.

시계를 보니 7시 30분.

사방이 캄캄하다. 어둠에 싸인 사물을 알아보기 힘들다.

"밥부터 먹구 씻어라."

엄마가 식탁 위 냄비를 가스레인지에 올렸다.

"여태까지 안 들어 왔으면 무슨 일 있는 거 아녀?"

"그러게 말여. 남의 집에 있다가두 어두워지면 영락없이 집에 왔는데, 어찌 된 일인지 모르겠다."

엄마가 식탁 위를 행주질쳤다.

"쪼끔만 더 기다려 봐. 전에두 이따금 오밤중에 기어들어오는 때두 있었으니."

엄마가 얼른 밥부터 먹으라며 접시에 김을 내놓는다.

"달걀 하나 부치래?"

"소시지는?"

내가 싫다고 했다. 그러면서 아직 집에 들어오지 않은 형 생각으로 마음이 끄먹하게 캥긴다.

"동네에 무슨 일이 있는 것도 아니잖아?"

잔치나 초상 같은 동네 일이 있으면 형이 늦게까지 거기 있다

오는 바람에 내가 한 말이었다.

"없어. 아무 일두."

"방송이라도 해 보지 그래요?"

"조금 더 있어 봐. 내내 동네 어디 있겠지, 어디 가겠니?"

엄마가 애써 태연한 척 말했다.

밥을 먹고 내 방에 들어왔다. 책상 위 승모 형과 함께 찍은 사진에 눈길이 갔다. 사진 속에서 형은 여전히 웃고 있다. 하얀 이빨을 가지런히 드러낸 채. 마치 권투선수처럼 한 손으로 주먹을 불끈 쥐고, 다른 손으로는 내 어깨를 감싸 안았다.

집안이 갑자기 조용해진다.

텔레비전 불빛에 안방 문이 어두워졌다 환해졌다 한다.

나는 벽에 붙은 기말고사 시간표를 확인했다. 이번엔 예체능 과목까지 모두 다 본다. 시험 기간도 4일이다. 당연히 암기과목에 치중해야 한다.

하지만 역시 수학과 과학이 문제다. 지난 번 중간고사에서도 영어 국어 사회 같은 과목은 본전치기 했었다. 잘 보지는 못했지만 깎아 먹지는 않았다. 그런데 수학과 과학에서 망했다. 이놈의 수학과 과학.

고등학교 가면 이과와 문과가 갈려 수학이나 과학을 못해도 괜찮다는데. 하지만 중학교에서는 그게 아니다. 아무래도 이번

겨울방학 때 학원에 다녀야 할까 보다. 최소한 국영수사과 기초 과목을 방학 때 한 번 들어두지 않으면 3학년이 돼서도 죽 쑤긴 마찬가지겠다.

수학 시험범위를 확인했다. 확률에서 도형까지다. 먼저 책에 나온 문제와 선생님이 내준 문제를 기본으로 풀어야 한다. 그리고 여유가 있다면 문제집 하나 정도는 더 풀어야 한다.

책꽂이에서 수학 문제집을 꺼냈다. 책장을 후르르 넘기는 데 종민네 집에서 구워 온 동영상 usb가 툭 떨어진다. 수학 문제집 속에 감춰놓은 것이다.

usb를 보자 공부하려던 마음이 싹 가신다. 머릿속에 남아 있던 영상이 선명하게 떠오른다. 갑자기 가슴이 쿵쿵 뛰고 얼굴이 화끈 달아오른다. 침이 꼴깍 넘어간다. 나도 몰래 눈길이 안방으로 간다. 안방에선 기침소리 하나 들리지 않는다. 우렁우렁대는 텔레비전 소리뿐. 아버지는 술에 취해 자고 있고 엄마는 형을 기다리며 연속극을 보고 있다.

컴퓨터를 켜고 usb를 꽂았다.

나는 내 방의 문을 조금 열어놓았다. 언제라도 밖의 동정을 살피기 위해서였다.

스피커 볼륨을 최대한 줄이고 파일을 클릭하는데 안방 문 열리는 소리가 났다. 나는 재빨리 컴퓨터를 끄고 수학문제집 푸는 시늉을 했다.

엄마의 말소리가 들렸지만 작아서 잘 들리지 않았다. 나는 애써 흥분된 마음을 가라앉히며 심호흡을 했다.

잠시 후 엄마가 인기척을 냈다. 문을 열고 보니 손에 후레쉬를 들고 있다.

"어디 가려고요?"

"이, 동네 한 바퀴 돌아보려구 그려. 여태 안 들어온 걸로 봐서 무슨 일이 있나?"

"엄마가 힘없이, 다른 사람 말하듯 한다.

"이 밤에 어딜 가려고?"

"저 건너 교회허구, 이 위 주만이 이장네 허구 몇 군데 가 보려구."

나는 교회라면 혹 있을지도 모르겠다는 생각이 들었다. 그러나 그 생각도 이내 지워졌다. 교회에서 무슨 행사가 있다면 모를까 아무 일도 없는데 형이 혼자 거기 있을 리 만무해서였다.

"나도 같이 갈까?"

"넌 공부나 혀. 내가 살살 갔다 올게."

말은 그렇게 하면서도 엄마가 멈칫거린다. 나도 같이 갔으면 하는 눈치다.

"가요. 한 바퀴 돌아보자고."

내가 옷을 입고 앞장서 걸었다.

"그런데 이 자식이 어딜 간 겨?"

"점심은 집에서 먹었어?"

"먹었어. 점심 먹구 아버진 들에 나가 일했구, 나는 김장도 해야겠어서 이것저것 그릇도 닦고 그랬지."

"아무튼 한 번 돌아봐요."

달도 없는 터에 구름까지 끼어 길은 어두웠다. 엄마가 비춘 후레쉬 불빛이 발밑에서 너울너울 춤을 춘다. 골목을 가다가도 이상한 게 있으면 짯짯이 불을 비춰본다. 혹 형이 쓰러져 있지 않을까 해서였다.

지난 번 떨어진 다리 밑도 샅샅이 비춰보았다. 그러나 형은 없다. 풀덤불 사이로 검게 흐르는 개울물뿐이다.

불이 켜져 있고, 사람 말소리가 나는 집 앞에서는 한참 동안 안의 동정을 살폈다.

주만 아저씨네 집은 벌써 불이 꺼져 있다.

동네를 한 바퀴 돌아 교회로 갔다. 교회엔 불이 켜져 있었다. 웃고 떠드는 소리가 났다. 엄마가 교회 대문 옆에 서서 안의 소리에 귀를 기울였다. 내가 까치발을 딛고 목을 늘여 교회 안마당을 살폈다.

"없어. 다른 사람 소린 걸."

내 말에 엄마가 귀를 거두어 돌아섰다. 그 때 교회 문이 열리고 사모님이 밖으로 나왔다.

"아니, 들어오시잖고, 왜 여기서…."

사모님이 엄마를 알아보고 의아해한다. 내가 냉큼 허리를 꺾어 인사하자 무슨 일이냐고 묻는다.

"우리 큰 애가, 지금까지 집에 안 들어와서, 혹 여기 있나 와 본규."

엄마가 떠듬떠듬 말을 더듬었다.

"누구? 아, 승운씨요? 그 몸 불편한?"

"야, 걔가 점심 먹구부터 안 보이더니 지금까지 안 들어왔슈."

엄마 말에 사모님이 깜짝 놀란다. 그러면서 잠깐 들어오시라고 엄마 손을 잡아끈다. 엄마가 한사코 아니라며, 그만 가봐야 한다며 손을 뿌리친다.

"가만 계서 봐요. 우리 목사님한테 물어보고 올게."

사모님이 황급히 안으로 들어갔다.

잠시 후 목사님이 점퍼를 걸치며 나왔다.

내가 인사하자, 우리 승재 씨도 교회 좀 나오서, 하며 내 어깨를 툭 쳤다.

"승운 씨가 집에 안 들어왔다구요?"

목사님 목소리에 놀란 기색이 역력하다.

"오늘은 우리 교회에도 안 왔는데. 오더라도 날 저물면 제가 집에 갔다 내일 오라고 늘 보내거든요."

목사님 말에 엄마가 어디 있다 오겠죠, 하며 얼른 들어가시라고 했다.

"아뇨, 아니에요. 잠깐만 기다리세요."

목사님이 사모님에게 자동차 키를 가져오라고 했다.

"지금까지 안 들어왔으면 무슨 사고가 난 게 분명한데, 찾아봐야죠."

목사님이 차에 올라 시동을 걸었다.

"어서 타세요. 요새는 동네 앞으로 차들이 많이 다녀 위험하거든요."

목사님이 차의 핸들을 돌리며 어디어디 다녔느냐고 물었다.

"동네 고샅허구 집 몇 군데유."

"그래요? 아버님은요?"

"애 아버진 자구 있슈. 저녁 때 소주 몇 잔 하더니 세상모르고 곯아 떨어져서."

엄마 목소리에 불만기가 잔뜩 묻었다.

목사님이 차의 전조등을 환하게 밝혔다. 어둠에 잠겨 있던 사물들이 화들짝 깨어 일어났다. 어둠이 짙어서인지 불빛이 더욱 환하다. 차가 서서히 찻길 구석구석을 비추며 나아간다. 학교 가기 위해 늘 다니는 길인데도 이렇게 어둠 속에서 차의 전조등을 비추며 보니 길이 아주 이물스럽게 느껴졌다.

"참, 목사님 훌륭하신 분여. 동네에 무슨 일만 났다 허면 언제든지 차 갖고 달려오니께."

"그건 제가 훌륭해서가 아니라 동네 분들이 다 노인 양반들이기 땜에 그류."

"아니 어쨌든 참 고마우신 분여. 누가 아프다면 병원까지 실어다 주지, 장날에는 고추 부대다 짐 보따리다 해서 척 하니 장에까지 실어다 주지. 우리 목사님 진짜 동네 사람들이 상 줘야 혀."

"그럼 그렇게 말로만 하시지 말고, 진짜 상 좀 줘 봐유."

목사님 농담에 엄마와 목사님이 환하게 웃었다.

차가 산모퉁이를 돌아 나간다.

여기서 조금 더 가면 우리 학교가 있는 남양면 사무소이다.

"남양까지만 가 보죠. 거기까지 가서 없으면 차 사고 난 건 아니니께."

"그럼 얘는 어디 갔대유?"

엄마 목소리에 절망이 묻어 있다.

"글쎄요. 오늘 밤에 안 들어오면 경찰에 신고해야죠."

목사님 말에, 귀신이 곡할 노릇이군, 하며 엄마가 한숨을 쉬었다.

형은 없었다.

돌아오는 길 다시 한번 자동차의 전조등을 돋워 짯짯이 살폈지만, 형은 없었다.

목사님이 마을 방송을 하자고 했다.

엄마가 너무 늦었다며 기다려보자고 했다.

자다말고 일어난 아버지가 깜짝 놀란다.

우린 마당의 불을 밤새도록 환하게 켜 놓았다.

차라리 형이 죽었으면

다음 날.

지붕에 서리가 뽀얗게 내렸다.

"어디 가서 얼어 죽었을 게다. 찬물에 손두 못 담글 정도로 날이 찬데, 이런 날 밖에 있으면 얼어 죽지."

엄마의 목소리가 넋두리에 가깝다.

엄마는 날밤을 꼬박 샜다. 내가 잠깐 조는가 싶게 자다 눈을 떴을 때도 엄마는 텔레비전도 안 나오는 한밤중에 불을 켜놓고 혼자 앉아 있었다.

날이 밝기 무섭게 엄마가 허둥지둥 밖으로 나갔다.

잠시 후 주만 아저씨의 목소리가 마을 스피커를 타고 우렁우렁 울렸다.

어제 형이 집에 들어오지 않아 행방불명되었으니, 혹 본 사람이 있으면 우리 집으로 연락해 달라는 내용이었다.

방송이 나가자 내 마음 속에 또 다른 걱정거리가 밀려들었다.

이러다 형을 금방 찾으면 그만이지만, 그러지 못해 경찰에 신고하고, 형을 찾는다는 소문이 학교까지 퍼져, 우리 형이 그렇고 그런 장애인이라는 게 아이들에게 알려지면?

나는 무슨 큰 잘못을 저지르고도 애써 태연한 척하는 사람처럼 가슴이 콩닥콩닥 뛰었다.

"승재 널랑은 학교 가. 나허구 아버진 승운이 찾어볼게. 그리구 아침 먹고 당신이 파출소에 가 신고혀."

엄마가 밥을 푸며 말했다.

"오늘 신고하려고?"

"신고허야지. 하루라도 빨리 헐수록 좋을 거 아녀? 얘가 암만 멀리 갔어두 남양 면내를 못 벗어났을 겨. 다른 동네에 갔더라두 어디 사람 눈에 안 뜨는 그런 데 있을 겨. 아니면 어제 밤 어디서 얼어 죽었던가."

"신고는 하더라도 하루 더 있다 하지."

내 말에 엄마가 왜 그러냐며 눈을 동그랗게 떴다.

"오늘 하루 더 찾아보고 없으면 그때 가서 신고해도 되잖아?"

"아녀. 안 한다면 모를까 한다면 하루라도 빨리 해야지."

엄마의 목소리가 단호했다.

"신고하려면 사진 있어야 허잖여?"

"승운이 사진 한 장두 없다니?"

"아마 어디 있을 거예요. 작은 거라도 확대해서 쓰면 되니까. 필름만 있어도 되고."

"네 카메라에 있잖여? 전에 언제가 마당에서 네가 승운이 사진 찍어준다고 했잖여?"

"한 번 찾아볼게. 컴퓨터 어딘가에 저장되어 있을 거예요."

내 말에 엄마가 학교 가기 전 찾아보라고 했다.

"에그 쯧! 어둔데 어디 발이라도 헛딛여 떨어졌으면….."

엄마 눈에 맺혀 있던 눈물이 볼을 타고 흘렀다. 엄마는 아마도 지난 번 다리에서 떨어진 사고를 생각하고 있는가 보았다.

아버지가 말없이 큼큼 헛기침을 했다. 엄마가 손등으로 눈물을 찍었다. 엄마는 밥술을 몇 번 뜨는가 싶더니 이내 숟가락을 내려놓았다. 아버지도 마찬가지였다.

엄마 말에 정말 형이 어디 낯선 곳에서 발을 헛디뎌 피를 흘리며 쓰러져 있을 것만 같았다.

"알았어요. 아버지 핸드폰이나 꼭 켜 놓으세요."

내가 가방을 들고 일어나며 말했다.

나는 시내버스 맨 앞에 섰다. 다른 때 같으면 무조건 뒤로 들어갔을 것이다. 그러나 오늘은 그러지 않았다. 맨 앞에서 혹시라도 형이 눈에 띄지 않을까 다시 길을 짯짯이 살펴보았다. 똑 같은 길인데도 밤에 자동차 전조등을 밝히며 보았을 때와 날이 밝아 보는 것이 사뭇 다르다.

"그러니까 어제 밤 목사님하고 남양면까지 찾아봤단 말이지?"

만섭이가 나와 같이 앞을 주시하며 말했다.

"응, 그런데도 없어."

"우리 동네에서 밖으로 나가는 길이 이 길 말고 또 있잖아?"

만섭이가 그 길은 안 찾아봤냐고 물었다.

"거긴 안 가 봤어. 그리고 그 길은 엄청 험하잖아?"

마을에서 외지로 나가는 길로 사람이 잘 다니지 않는 길이 한두 군데 더 있었다. 찻길이 나기 전 산을 넘어 다닌 길인데, 지금은 길이 험하고 수풀이 우거져 웬만한 일이 아니고는 그 길로 다니는 사람이 없었다. 더구나 몸이 성치 않은 형이 그 길로 갔을 리는 만무했다.

"이 길로 안 갔다면 분명 우리 동네 어딘가 있다는 거 아냐? 차 타고 갔을 리는 없고."

"우리 동네도 찾아볼 데는 다 찾아 봤어."

"그런데도 없다고?"

내가 그렇다고 하자, 그럼 어떻게 할 거냐고 만섭이가 물었다. 나는 오늘 경찰에 신고하고, 엄마 아버지가 형을 더 찾아보기로 했다고 말했다.

"야, 구승재. 그러지 말고 학교 선생님한테 얘기해서 네 형 찾는다는 전단지를 우리 학교 애들에게 쫙 뿌려. 어때? 그게 경찰에 신고하는 것보다 훨씬 빠를 것 같다. 우리 학교 애들 대부분이 남양면에 살잖아. 걔들에게 '우리 형을 찾습니다'라고 써서 전화번호 쓰고 사진 붙여서 돌리면 끝내줄 것 같은데. 오늘 돌리면 오늘 저녁에 당장 연락 올 것 같은데."

만섭이가 신이 나서 목청을 높였다.

"어때? 끝내주는 아이디어지? 이따 학교 가서 너네 담임에게 말해봐."

만섭이가 내 어깨를 치며 소리쳤다. 만섭의 말에 가슴이 덜컥 내려앉았다.

'미친 놈. 우리 형이 장애인이라는 걸 전교생에게 다 알리라고? 그러느니 아예 형을 안 찾고 말겠다.'

"야, 임마. 무슨 형 사진을 전교생에게 다 돌려? 말도 안 되는 소릴 하고 있어."

내가 부르르 화를 냈다.

"형 사진을 돌린다고 애들이 뭐 집에 가서 찾아나 보겠냐? 그리고 학원이다 과외다 해서 거의 대부분 밤늦게 집에 가는데, 그런 애들에게 전단지를 돌려 봐. 받자마자 버리고 말지. 아예 경찰에 신고하는 게 나아."

내가 만섭의 의견을 문질러 버렸다.

버스에서 내리자 맞은편에서 종민이가 걸어왔다.

"안뇽."

종민이 우리에게 손을 흔들었다.

"안안뇽."

만섭이가 대꾸하며 환하게 웃었다.

"야, 이종민. 너 내 말 좀 들어봐. 어제 밤에 승재네 형이 행방불명돼 집에 안 들어 왔대거든. 그래서 내가 승재네 형을 찾는다는 전단지를 만들어 우리 학교 애들에게 쫙 뿌리라고 했더니, 이 새끼가 막 화내고 지랄이다."

"승재네 형이? 형이 있어? 몇 살인데?"

"어, 얘네 형이…. 야, 구승재. 너네 형 몇 살이지? 고3쯤 됐지?"

"고3이나 된 형이 왜 집에 안 들어와?"

"응, 형이 좀 그렇고 그렇거든."

그러면서 만섭이가 나를 힐끔 돌아보았다. 나는 얼굴이 화끈 달아올라 주먹으로 만섭이 어깨를 사정없이 내리쳤다. 우리 형에 대해 다른 사람 앞에서 주둥이를 놀리는 놈을 용서할 수 없었다.

"새꺄, 신경 꺼. 누가 너한테 도와달래?"

나는 정말 화가 치밀어 만섭에게 눈을 부라렸다.

1교시 후 집에 전화했다.

전화를 받지 않았다.

2교시 후 다시 전화했다.

아버지가 파출소에 신고했다고 했다.

3교시 후 전화했다.

마을 사람들이 나뉘어 동네 들이며 골목을 샅샅이 찾는다고 했다. 엄마와 아버지는 목사님과 주만이 아저씨가 몰고 온 차에 나누어 타고 마을 주변을 돌고 있다고 했다.

4교시 과학시간.

선생님 설명이 귀에 하나도 들어오지 않았다. 공책 뒷장에 나도 모르게 낙서했다.

죽었다면? ———— 아님 행불??????

나는 한쪽 팔로 머리를 감싼 채 책상에 볼펜방아를 찧었다. 그러면서 '죽었다면'이라는 항목과 '행불' 항목에 떠오르는 생각들을 두서없이 적었다.

행불보다는 죽는 게 더 나을 것 같았다.

만일 형이 죽어서 발견된다면, 나는 슬퍼할까?

지금까지 나는 누가 죽어 슬퍼한 적이 한 번도 없는데, 슬퍼한다면 어떻게 슬퍼해야 하지?

눈물은 날까?

형이 죽었는데도 눈물이 안 나오면 어떡하지?

아냐, 죽었을 리 없어. 그런 사람 명이 더 길다고 했어.

그럼 죽지 않고 영원히 찾지도 못한다면?

죽었는지 살았는지 모른 채 집에도 없다면?

별별 생각이 머리 속에 어지럽게 떠올랐다.

나는 머리칼을 쥐어뜯으며 다시 볼펜방아를 찧었다. 아침에 만섭이 자식이 말한 그 전단지 때문이었다.

어쩜 만섭이 말대로 학교 아이들에게 전단지를 쫙 돌리는 게 형을 더 쉽게 찾는 방법일지도 모른다. 아이들에게 쫙 돌리고 방송실에서 형의 인상착의에 대해 내가 설명한다면? 최소한 형이 남양면을 벗어나지 않았다면, 그 편이 더 없이 좋은 방법이긴 하다.

하지만 그러고 난 후의 쪽팔림은 어떡하지? 천하에 둘도 없는 장애인이 바로 우리 형이라는 게 알려지면?

생각이 이에 미치자 나는 숨도 제대로 쉴 수 없었다. 가슴이 오그라들고 얼굴이 화끈거렸다. 도저히 못할 일이었다. 한두 명도 아닌 전교생에게, 그것도 방송실에서 인상착의까지 설명하면서?

나는 차라리 형이 죽었으면 싶었다. 형이 죽는다면 형도 더 이상 고생하지 않아도 되고, 우리 가족도 형으로 인한 고통에서 벗어날 수 있을 것 같았다. 처음 죽었을 때만 조금 슬퍼하면 될 것 같았다.

이런저런 생각에 몰두하고 있는데 종이 났다. 종이 나자마자 아이들은 선생님께 인사도 하지 않고 급식실로 내달렸다. 나도 눈을 와짝 뜨고 벌떡 일어나 화다닥 내달렸다. 아무리 그래봐야 학급 별로 먹는 순서가 정해져 있어 소용없는 일이지만, 그래도 우리는 점심때만 되면 서로가 먼저 가려고 야단이었다.

"생각해 봤어?"

급식실에서 나오며 종민이가 말했다.

"뭐?"

내가 모르는 척 물었다.

"전단지 돌리는 거."

"……."

"너 형이 장애인이라서 그러지?"

종민이가 단도직입적으로 아픈 데를 찔러 왔다.

"아니 뭐, 그보다도…."

"야, 너 이런 말 들어봤어? 쪽팔림은 순간이고 행복은 영원하다는 말."

어느새 왔는지 만섭이가, 그렇지 쪽팔림은 순간이고 행복은 영원하지, 하고 맞장구를 쳐댔다.

만섭이 입에 점심에 먹은 카레 자국이 번질번질하다.

"야, 구승재. 이리와 봐. 내가 한 가지 말해 줄 게 있어."

종민이 내 팔을 잡아끌었다. 우린 나란히 운동장 가 벤치에 앉았다.

"너 우리 고모가 장애인인 거 알지? 우리 고모도 집을 나가서 행방불명된 적 여러 번 있거든. 나중에 물어보면 자기가 어디로 갔는지 모르는 거야. 어느 땐 아무 버스나 타고 막 가다가, 종점에서 차비가 없어 못 내리면 거기서 경찰서에 데려다 주고. 그런 적이 한두 번이 아니었거든. 그러니까 처음엔 우리 할머니하고 아빠가 죽으려고 하더라. 고모 찾느라고 완전 정신이 나가는 거야. 아빤 회사도 못 나가고. 그러니 얼마나 짜증나겠어? 쪽팔리구. 자기 동생이 그러는데.

그래서 그 다음부터는 아예 목걸이에다 이름하고 전화번호를 새겨서 고모 목에 걸어준 거야. 고모 힘으로는 뗄 수 없도록 만들어서. 그리고 집 주변 경찰서하고 파출소에 아예 고모 사진을 갖다 주고 고모가 집을 나갔다 하면 바로 연락해 신고가 되도록 한 거야. 그러니까 훨씬 찾기가 쉽지."

종민의 말에 고개가 끄덕여졌다.

종민은 자기 고모가 장애인라는 것에 대해 아무렇지도 않게 생각한다. 만두빚어반 시간에도 종민이는 자기 고모가 정신지체 장애인임을 오히려 자랑스러운 듯 말했다.

종민의 말이 그럴 듯하게 들렸다. 그러나 나는 자신이 없었다.

5교시.

6교시.

집에 전화해도 받지 않았다.

가슴이 바짝바짝 타들어갔다.

전단지 배포

학교가 끝나자마자 집으로 왔다.

집안이 텅 비어 있다.

아버지한테 전화했다. 받지 않았다.

집안 구석구석을 살펴보았다. 텔레비전과 벽시계가 있는 안방, 싱크대와 식탁이 놓여 있는 가운데 방, 그리고 형이 자는 끝방. 방마다 쌀랑한 기운이 감돌고, 아무도 살지 않은 빈집처럼 집안이 을씨년스럽다.

싱크대에는 아침 먹고 포개 놓은 설거지감이 그대로 쌓여 있었다.

끝방. 형이 자는 방에 가 보았다. 어둑어둑한 방 안에 헌 장롱이 놓여 있고 그 옆에 옷가지를 담은 종이 상자들이 층층이 쌓여 있었다.

방 안에 들어서니 시큼하고 퀴저분한 냄새가 코를 찔렀다. 오랫동안 씻지 않은 발에서 나는 고린내보다 더 심했다. 아마도 엄마가 바쁜 나머지 가을이 다 가도록 목욕 한 번 시켜주지 않아서 더 그런 것 같았다.

나는 순간 구역질이 나는 것을 참으며 문부터 열었다. 그제야 앞뒤 공기가 활랭이쳐 환기가 되었다.

방바닥엔 요와 이불이 깔려 있고 형이 입던 옷들이 아무렇게나 널려 있다. 수건을 덧댄 베개에는 시커먼 때가 반질반질하게 묻어 있다.

'아무리 보아도 이건 사람 사는 방이 아니다. 짐승의 우리도 이보다는 낫겠다.'는 생각이 들자 코끝이 시큰해지며 눈물이 맺혔다.

형이 너무 불쌍했다.

한집에 살면서 나는 형이 집에만 있으면 되는 줄 알았다.

집에서 밥 먹고 집에 들어와 잠만 자면 되는 줄 알았다.

그런데 이런 방에서 짐승처럼 지내다니. 엄마야 바빠서 어쩔 수 없다지만 나는 뭔가? 일주일에 한 번 청소만 해줘도 이렇게 더럽고 지저분하지 않을 것 아닌가?

나도 모르게 눈물이 솟구쳤다. 형이 불쌍하고 형의 인생이 서럽게 느껴졌다. 이런 형을 마음에 맞지 않는다고 두드려 패다니.

형은 우리 가족이자 가족이 아니었다. 지난번 전단지를 만들기 위해 형 사진을 찾을 때도 그랬다. 나는 컴퓨터 구석구석을 다 뒤진 다음 겨우 형 사진 하나를 찾아낼 수 있었다. 사진도 달랑 혼자 찍은 것이었다. 지금까지 형과 함께 살면서 형과 같이 찍은 가족사진이 한 장도 없었다.

오른쪽 손등을 보았다. 지난여름 형에게 물린 이빨자국이 허옇게 드러나 있다. 눈앞으로 그때 있었던 일들이 영화의 한 장면처럼 스쳐지나갔다. 형과의 난투극, 아버지에게 거의 초죽음이 되도록 얻어맞은 형. 그때 내가 조금만 참았더라면 하는 후회가 물길을 따라 올라오는 물고기처럼 꼬리를 치며 올라왔다.

진흙덩어리가 얹힌 듯 가슴이 끄먹했다. 눈을 깜작거리자 홍건히 괸 눈물이 툭툭 떨어졌다. 손등으로 눈물을 훔쳤다. 나는 입 밖으로 비어져 나오는 울음을 깨물며 안간힘을 다해 참았다.

우선 청소부터 해야겠다고 생각했다. 코를 풀고 심호흡을 했다. 옷가지를 벽에 걸고 이불을 들어냈다. 이불에서 비닐 버석거리는 소리가 났다. 밤에 자다 오줌을 싸더라도 속까지 젖지 않게 하려고 엄마가 대놓은 것이다.

형 방을 청소하고 설거지를 했다.

마당에 어둠이 내리기 시작했다.

나는 방마다 불을 모두 다 켜 놓았다.

배에서 꼬르륵거리는 소리가 났지만 찬물만 벌컥벌컥 마셨다.

어두워졌는데도 엄마 아버지는 돌아오지 않았다.

집 앞에서 차 소리가 났다.

나는 부리나케 달려 나갔다.

주만이 아저씨 차였다.

"들어가슈. 오늘 경찰에 신고두 했고, 남양면 이장들헌티 연락
두 했으니 좋은 소식 있겠쥬."

"그려, 고생했어. 고마워."

아버지가 말하며 손을 흔들었다.

차가 엔진 소리를 내며 천천히 출발했다.

하루 종일 엄마 아버지가 주만이 아저씨 차를 타고 형을 찾았
던 것이다.

"너 왔니?"

엄마 목소리에 힘이 하나도 없다.

엄마는 나를 보자 눈물부터 지었다. 외마디 비명처럼 아이고
승재야 하더니, 다음 말을 잇지 못한 채 흐느끼기 시작했다.

나도 눈에 눈물이 고였다.

나는 엄마를 부축했다. 아버지가 모르는 척 앞서 걸어가 마루에
걸터앉았다. 엄마가 형 이름을 부르며 메마른 울음을 쏟아냈다.

엄마는 흐느끼고, 나도 눈물이 쏟아지고, 아버지는 마루에 앉아 어두워진 하늘을 멍하니 바라보았다.

한동안 아무 말도 없이 그렇게 있었다.

"저녁이라두 먹으야잖여?"

아버지의 목소리가 갈라져 있었다.

엄마가 마당에 코를 팽 풀고 어서 방으로 들어가라고 했다.

날씨가 쌀쌀해 몸이 오슬오슬 떨렸다. 나는 방에 들어가 보일러 스위치를 올렸다. 와르릉 소리를 내며 보일러가 돌기 시작했다.

"지금 밥허면 늦으니께 라면이나 하나씩 삶어 먹자."

엄마가 냄비에 물을 부어 가스레인지에 올렸다.

아버지가 냉장고에서 소주를 꺼냈다. 다른 때 같으면 한 마디 했을 텐데, 엄마는 아무 말도 하지 않았다. 아버지가 소주를 한 컵 가득 따르더니 벌컥벌컥 단숨에 들이켰다. 라면 국물을 후르륵 마시며 이내 부르르 진저리쳤다.

"오늘 어디어디 갔었어요?"

내 말에 엄마가 마을 사람들은 나뉘어 동네 곳곳을 찾았고, 목사님하고 주만이 아저씨는 다른 동네를 돌며 찾았다고 했다. 엄마의 목소리에서 코맹맹이 소리가 났다.

"주만이 아저씨가 이장이잖니? 그래서 남양면 14개 부락 이장들헌테 전부 전화해 우리 승운이 같은 애 보면 연락해 달라고 했어."

엄마가 말하며 다시 눈물을 흘렸다.

큼큼 헛기침만 해대는 아버지의 눈가에도 눈물이 맺혔다.

우린 아무 말도 하지 않았다.

물밀 듯이 밀려드는 슬픔 때문에 아무 말도 할 수 없었다.

후르륵 후르륵, 라면만 먹을 뿐.

냄비 속의 라면이 눈물에 굴절돼 뿌옇게 흐려 보였다.

나는 이제 앞으로 어떻게 할 거냐고 감히 묻지 못했다. 그 점이 가장 궁금했지만 차마 그 말을 입 밖에 낼 수 없었다.

어색한 침묵이 흘렀다.

텔레비전도 켜지 않아 더 무겁게 느껴지는 침묵이었다.

나는 일어나 내 방으로 왔다.

눈물이 쏟아지려는 걸 억지로 참으며 심호흡했다.

몇 번 그렇게 하자 마음이 조금 진정되었다. 책상에 승모 형과 찍은 사진이 눈에 들어왔다. 나는 지금까지 엄마 아버지가 우는 것을 딱 두 번 봤다. 한 번은 승모 형 죽었을 때, 그리고 한번은 오늘 승운이 형을 못 찾고 왔을 때.

'가족'이라는 단어가 머릿속을 스치고 지나갔다. 가족, 혈연 공동체, 사회활동의 가장 작은 단위…. 도덕 시간에 배운 말들이다.

하지만 가족은 참 묘한 관계라는 생각이 들었다. 같이 있을 땐 서로의 가치를 잘 모르다가, 누군가가 없어지고 나면 그때서야 울부짖고 슬퍼한다.

피로 맺어진 관계라서 그럴까? 잘은 모르지만 아마 그래서 그럴 것이란 생각이 들었다. 정말 형이 사라지고 난 빈 자리를 슬픔 이외에 채울 수 있는 게 아무 것도 없는 것 같았다.

그동안 나는 형에 대한 이중 감정에 사로잡혀 있었다. 형이 죽으면 좋겠다는 생각과 그래도 불쌍하다는 생각. 나는 이따금 승모 형을 먼저 데려가고 장애인인 승운이 형을 남겨놓은 하느님을 원망했다. 내 마음대로라면 승운이 형을 먼저 데려가고, 공부도 잘하고 운동도 만능인 승모 형을 살려두었을 텐데. 그런 점에서 나는 하느님을 미워했다.

이런 저런 생각에 사로잡혀 있는데 학교에서 있었던 일이 떠올랐다. 점심시간 종민이가 한 말, '쪽팔림은 순간이고 행복은 영원하다'는 말이 귓가에 맴돌았다.

'그래, 종민이라면? 그 애라면 분명 전단지를 만들어 돌릴 거야.'

이런 생각과 함께 만두빚어반 시간에 자기 고모에 대해 거리낌 없이 발표하던 종민의 모습이 떠올랐다.

나는 만섭이에게 문자를 쳤다. 학원 끝난 후 우리 집에 왔다 가라고 했다. 형 전단지를 만들기 위해서였다. 즉각 답장이 왔다. 집에 가면 9시가 넘을 거라고 했다.

컴퓨터 바탕화면에 찾아놓은 형 사진이 있었다. 지난여름 대문 앞에서 빙긋이 웃고 있는 걸 찍은 사진이다.

나는 전단지에 들어갈 내용에 대해 생각해 보았다. 이름, 주소, 집 전화와 핸드폰 번호, 형에 대한 인상착의, 또 무엇이 있을까?

형에 대한 인상착의로 나는 말을 못하며, 몸 오른쪽을 잘 쓰지 못하고, 넘어져 머리에 흉이 많고, 늘 침을 흘려 입가가 허옇게 헐었다, 라고 썼다.

사진 크기를 조절하고 있는데 만섭이가 왔다.

"전단지 하기로 했어?"

"응."

"웬일이셔. 죽어도 안한다며."

만섭이가 히죽 웃었다.

"여기 좀 봐. 우리 형에 대해 쓴 건데 어때, 괜찮아?"

만섭이가 컴퓨터 화면을 보더니, 나이와 성별이 빠졌음을 지적했다.

"인상착의는 어때?"

"괜찮아. 그런데 전체적인 모습과 입고 있는 옷에 대해서도 말해야지 않을까?"

그러고 보니 중요한 것을 빠뜨렸다. 나는 전단지 내용을 다시 썼다.

"누구한테 얘기하지?"

"담임한테 해야지."

"담임보다 만두빚어반 선생이 나을 것 같은데."

내 말에 만섭이가 고개를 끄덕였다.

다음 날.

우린 만두빚어반 선생님을 찾아 갔다. 선생님은 도서실에 계셨다. 나와 만섭이 종민이가 들어가자 선생님이 웬일이냐고 물었다.

"얘가 할 얘기가 있대요."

만섭이가 내 어깨를 떠밀었다.

"할 얘기? 무슨?"

선생님이 우리에게 앉으라고 했다. 우린 도서실 의자에 앉았다.

"저, 사실은요. 얘네 형이 장애인인데요. 어제 그저께 행방불명 됐거든요."

만섭이가 나를 대신해 말했다.

"걱정이 많겠구나. 그래, 전단지는 어디 있어?"

이야기를 다 듣고 난 선생님이 말했다.

나는 전단지 파일을 내 인터넷 메일에 올려놓았다고 했다.

선생님이 컴퓨터를 켰다. 인터넷에 접속한 후 나에게 전단지를 뽑으라고 했다.

"이거야? 이런, 쯧쯧!"

선생님이 전단지를 뚫어지게 바라보았다. 전단지에는 '사람을 찾습니다.'라는 제목 아래 형 사진과 인적사항이 큼직하게 적혀 있었다.

"그래, 이걸 학교 아이들에게 모두 나누어 준단 말이지?"

"네."

"좋은 생각이다. 그리고 승재, 너도 어려운 결정을 내렸구나. 너만한 나이에 장애인인 형이 행방불명됐다는 걸 아이들에게 알리기가 쉽지 않았을 텐데."

선생님이 내 어깨를 다독거리며 잘했다고 격려했다.

"처음에 승재는 이거 안 하려고 했어요."

종민의 말에

"그랬겠지. 자기 형이 장애인이라는 걸 얘기하고 싶은 사람이 어딨겠어?"

선생님이 다시 내 어깨를 감싸 안았다.

"하지만 이런 어려운 문제도 한 번 밖으로 공표(公表)하고 나면 별 것 아니야. 형이 장애인이라는 사실은 감출 일이 아니야.

중요한 건 행방불명된 형을 빨리 찾는 일이지. 그리고 이 일은 내가 하는 것보다 너희 담임선생님을 통해 하는 게 더 좋을 것 같다. 담임선생도 얘기하면 흔쾌히 들어주실 거고. 만약 어떤 문제가 있어 여의치 않으면 그때 가서 내가 하더라도 우선은 담임선생님께 말씀드리는 게 좋겠어."

선생님 말에 우리 모두 고개를 끄덕였다.

돌아온 형

3교시 쉬는 시간.

나는 우두커니 책상에 앉아 있었다. 만섭이와 종민이가 장난을 걸었지만 대꾸조차 하기 싫었다. 머리 속엔 오로지 아침에 담임선생님께 준 전단지 생각뿐이었다.

내가 사정을 말씀드리자 담임선생님이 흔쾌히 받아들였다. 전단지를 인쇄해 놓았다가 6교시 후 종례시간에 전교생에게 나눠 주겠다고 했다.

나는 우리 형에 대해 어떻게 하면 잘 설명할 수 있을까 고민했다. 전단지를 배포한 후 학교 방송실에서 전교생을 대상으로 형에 대해 설명해야 되기 때문이다.

그때였다. 교실 스피커에서 나를 찾는 방송이 흘러나왔다.

"2학년 2반 구승재. 구승재 학생은 방송을 듣는 즉시 교무실 담임 앞으로 오도록."

방송은 연이어 두 번이나 나왔다.

아이들 시선이 모두 나에게 쏠렸다. 나는 순간 얼굴이 화끈 달아올랐다. 지금까지 학교에서 내 이름이 방송에 나오기는 처음 있는 일이었다.

"야, 구승재!, 너 담임이 오래잖아."

내가 어리둥절해 하자 아이들이 말했다.

교무실로 갔다.

담임이 성큼성큼 다가와 나를 밖으로 데리고 나갔다.

"지금 막 너희 집에서 전화가 왔는데, 너희 형 집에 들어왔대."

"네?"

"너희 형 집에 들어왔다고. 너희 엄마한테 조금 아까 전화 왔어."

나는 그제야 선생님이 무슨 말을 하는지 알아들을 수 있었다.

"아, 예."

나는 더 이상 아무 말도 하지 못했다. 서늘한 냉기가 머리끝에서 발끝까지 훑고 지나갔다. 오소소 몸에 소름이 돋았다. 오줌을 누고 났을 때처럼 살짝 진저리가 쳐졌다.

"야, 너 기쁘지 않니?"

담임선생님이 내 어깨를 감싸 안으며 말했다.

내가 아무 말 없이 빙그레 웃자,

"어떡할래? 아침에 네가 준 전단지는 없애면 되겠고. 지금 집에 가 볼래?"

선생님 말에 나는 그렇게 하겠다고 했다.

집에 와 보니 대문이 활짝 열려 있고 마을 사람들이 마당에 웅성웅성 몰려 있다. 아버지가 마루에 앉아 있고 엄마가 음료수를 따라 사람들에게 나눠 주고 있다.

형이 보이지 않았다.

"형은 어딨어요?"

"저기 끝방에."

나는 형 방에 가 보았다.

형이 자기 방 이불 위에 앉아 때가 꼬질꼬질 묻은 베개를 끌어안고 울고 있었다. 아으 아으 신음에 가까운 소리를 내며 굵은 눈물을 철철 흘리고 있었다.

그러는 형을 보는 순간 나는 목이 메이고 눈물이 왈칵 쏟아졌다. 형의 여기저기를 살펴보았다. 수렁에 빠져 뒹굴었는지 온몸이 진흙투성이에다, 어디서 넘어졌는지 얼굴 한쪽 광대뼈가 깨져 피딱지가 굳어 있었다. 눈은 병든 소처럼 퀭하게 들어갔고, 침을 흘려 입가와 턱밑이 번질번질했다.

마을 사람들이 제각각 한마디씩 했다.

"집에 오자마자 저 방에 들어가 베개를 안고 저렇게 울어."

"놀래서 그려. 아, 얼마나 놀랬겠어. 놀랬다 집에 오니 지가 제일 정들었던 물건 하나를 끌어안고 우는 겨."

"아니 그래, 찾긴 어디서 찾았댜?"

"남양면도 아니랴. 남양면서도 더 지나 거기가 어디라지?"

"화성면이랴. 화성면 어디라더면."

"거기까지 어떻게 갔댜?"

"모르지. 성한 사람두 걸어서는 못 갈 텐데. 차 타고 갔을 리는 없고."

"구신이 붙었내벼. 왜 가끔 성한 사람두 구신 붙을 때가 있잖남?"

"이 사람, 구신은 무슨 구신여."

"그래, 어디 있는 거 데려온 거래유? 누구네 집에 있었던 겨?"

"집이 아니랴. 비닐하우스 속에 있었다더면."

"비닐하우스?"

"이, 비닐하우스 속에 있는 걸 주인이 보고 파출소에 신고해서 데려 왔댜."

"어이, 승운이 좀 나와 보라고 혀."

마을 사람 중 한 사람이 말했다.

"아까부터 나오라고 해도 영 안 나와유."

엄마 목소리에 안타까움이 배어 있다.

어쨌든 찾았으니 다행이라는 소리가 여기저기서 들렸다.

"이제 승운이도 집에 왔고, 여기서 이러지들 말고 돌아가시는 게 좋겠어요. 지금 여기 형님허구 누님두 정신없을 테니."

주만이 아저씨가 마을 사람들에게 말했다.

"그려. 어이 집에 가 일들 혀."

사람들이 하나 둘 돌아갔다. 엄마와 아버지가 돌아가는 사람들의 손을 잡고 일일이 고맙다고 인사했다.

모두 돌아가고 주만 아저씨와 목사님만 남았다.

"우선 우황청심환 있으면 그것부터 먹이고, 병원에 가 진찰 한 번 받아봐야겠어요."

목사님이 걱정스럽게 말했다.

"그래야쥬. 지금 보니께 어디 부러진 데는 없는 것 같더먼서두."

"그래도 병원에 꼭 한 번 가 보세요."

목사님이 병원 가게 되면 연락하라고 했다. 교회 차로 병원까지 실어다 주겠다고 했다.

"아이고, 나도 이만 가 봐야겠슈."

주만 아저씨가 자리를 털고 일어났다.

"고생했어, 동생. 그리고 목사님 정말 고마워유."

엄마가 두 손을 모아 쥐고 연신 허리를 굽혀 인사했다.

사람들이 돌아간 후 나는 엄마와 함께 형을 목욕시켰다. 엄마가 형에게 목욕하라고 하자 형이 머리를 쌀레쌀레 내저으며 한 발자국도 움직이지 않았다. 무슨 말을 해도 소용이 없었다.

그냥 두었다 다음에 하자는 내 말에 엄마가 기겁을 했다. 형의 몸이 눈과 입만 빼고 진흙투성이인데 어떻게 그냥 둘 수 있냐고 했다.

"승운아. 얼른 일어나 목욕 혀. 가서 닦고 밥 먹으야지."

엄마 말에 형이 으아 고함을 내지르며 머리를 격하게 흔들었다.

"목욕 안 헐래?"

그러자 형이 가만있는다.

"목욕 헐래?"

그래도 또 가만히 있는다.

"이 베개 갖고 가서 목욕헐래?"

그제야 형이 응, 했다.

형의 몸은 상처투성이였다. 팔 다리에 시퍼렇게 멍이 들고 긁히고 찢긴 상처마다 피딱지가 엉겨 있었다. 며칠 만에 몸이 바짝 말라 나무 꼬챙이나 다름없었다.

"너 거기까지 걸어갔었니?"

엄마가 묻자 형이 응, 했다.

"누가 너보고 거기 가자고 했니?"

"누가 너 때렸니?"

"다른 동네 사람들이 너 때렸어?"

이런 말에 형은 손톱을 물어뜯으며 아무 대꾸도 하지 않았다.

엄마가 형의 갈비뼈 부분을 살폈다. 옆구리를 닦는데 형이 비명을 지르며 고통스러워해서였다. 엄마가 손으로 만지려 하자 형이 으아 고함지르며 뒷걸음질쳤다.

"넘어지면서 옆구리를 찧었나 보다."

엄마가 혼잣소리로 말했다.

"병원에 가 봐야지 않나?"

내 말에 엄마가 며칠 더 두고 보자고 했다.

"이눔의 자식. 앞으로 또 집 나가. 그렇게 나가서 돌아다니니 좋던감? 앞으로 또 집 나가면 그땐 이제 찾지도 않을 겨. 또 나갈래? 또 나갈 겨?"

엄마가 다짐받듯 야무지게 말했다.

형이 으아 고함치며 눈을 허옇게 부라렸다.

5백만 원?

며칠 전부터 소 장사들이 주만 아저씨네 축사에 들락거렸다. 주만 아저씨네 축사는 우리 집에서도 빤히 보이는 산기슭에 있었다.

주만 아저씨는 소를 먹이며 농사를 지었다. 한우 20여 마리를 먹였고, 농사는 다른 사람 논을 빌려 지었다.

주만 아저씨는 농사보다 소 먹이는 일에 더 열심이었다. 사료를 팔아 먹였지만, 그러나 사료만 주는 일이 없었다. 그는 사료와 함께 풀이나 여물 같은 것을 꼭 섞어 주었다. 축사에 가 보면 소에게 줄 짚더미가 산처럼 쌓여 있었다.

그는 지금까지 소를 20여 마리 선에서 유지하고 있었다. 그 이상도 이하도 아니었다. 그 이상 먹이면 혼자 손으로 일하기가 힘에 부친다고 했다. 그리고 또 그보다 적으면 뭔가 허전하다고 했다.

그는 주로 새끼를 내어 송아지를 내다 팔았다. 일년에 송아지 너댓 마리만 잘 키워 팔면 논 열 마지기 짓는 것보다 낫다며 만족해 했다.

"그런데 왜 소를 팔려고 그려?"

아버지 말에

"인저 소두 틀렸슈. 벌써부터 미국 소고기 수입에다 한미 에프티에이라나 뭐라나 땜에 우리 같은 축산 농가는 다 망했슈. 오히려 몇 천 마리씩 멕이는 대규모 농장은 괜찮을지 몰러. 브랜드라나 뭐라나를 갖구 시장에 내놓으면, 그래도 우리나라 사람들은 한우를 좋아허니께. 허지만 우리같이 소규모로 몇 마리씩 멕이는 집은 소 값 떨어져 사료 값도 건지기 어려워유."

주만이 아저씨가 한 말이었다.

"요즘 소 값이 얼마나 떨어졌게?"

"말두 못 허유. 아예 거래 자체가 안 되유."

"그렇게나 떨어졌남?"

"그럼유. 암송아지 너댓 달 된 거 얼마 전까지만 해도 2백 8십만 원 했었슈. 그런데 지금은 2백 2십도 못 받어유."

그러면서 더 떨어지기 전에 소를 팔아야 한다고 했다.

주만 아저씨의 말은 그랬어도 또 엄마 말은 달랐다.

"이 위 아줌니 말에 의하면 단순히 그런 것 같지 않어."

교회에 갔다 온 엄마가 말했다.

"이 위 아줌니는 주만이 이장헌테 소를 팔지 말라구 혔다. 소 값이 워낙 싸니께 팔더라두 조금 더 있다 팔자구 혔다. 지금 팔으나 좀 더 있다 팔으나 그게 그거라구. 그런데두 주만이 이장이 말을 그렇게 안 듣는댜."

그러면서 그 일 때문에 주만 아저씨와 할머니가 싸움까지 했다고 했다.

"아무래도 주만이 이장 부인이 시켜서 그러는 것 같어. 장가들기 전에는 안 그렇던 이장이 이제 즤 엄니 말은 안 듣고 각시 말만 듣는댜. 그러구 눈만 뜨면 도시로 나가 산다고 그런댜."

엄마는 주만 아저씨가 소를 파는 것은 주만 아저씨 부인의 부채질 때문이라고 결론 내렸다.

아무튼 주만 아저씨가 소를 파는 일은 우리 마을의 최대 뉴스거리였다. 그리고 더더욱 사람들의 관심을 끈 것은 소를 몇 마리나 팔았으며 한 마리 당 얼마씩 받느냐는 거였다. 그러나 주만 아저씨는 그런 것에 대해서는 누구에게도 말하지 않고 혼자 일을 처리해 나갔다.

소 장사들의 트럭이 축사에 오르내렸다.

사람들 말에 의하면 소가 절반도 더 팔려나갔다고 했다.

주만 아저씨와 할머니가 또 다시 소 때문에 대판 싸웠다고 했다.

주만 아저씨 부인이 애기를 가졌다는 말도 들렸다.

애기를 낳으면 도시에 나가 살 거라는 것은 마을 사람 누구나 알고 있는 이야기였다.

그런 어느 날.

주만 아저씨가 우리 집에 왔다.

"형님 집에 계슈?"

주만 아저씨가 아버지를 찾았다.

부엌에 있던 엄마가 문을 빼꼼히 열며 왜 그러냐고 했다.

"형님 집에 안 계슈? 아이, 이걸 누구헌테 말해야 하나….."

주만 아저씨가 얼굴이 하얗게 굳어, 안절부절못한 채 마당을 서성였다.

"왜 그려? 무슨 일 있어? 뭔 일이간디 그려?"

엄마가 다시 묻자

"형님헌테 직접 말해야 허는디."

아저씨가 목덜미를 긁으며 어쩔 줄 몰라 했다.

그때 아버지가 뒤꼍에서 나오며 왜 그러냐고 했다.

"아이쿠, 형님 여기 계시네. 형님 이리 좀 와 봐유. 내 이런 말을 해야 허나 워쩌나….."

주만 아저씨가 아버지를 잡아끌었다.

엄마도 부엌에서 나와 마루에 앉았다.

나도 주만 아저씨 말에 귀를 기울였다.

"형님, 그리고 누나. 절대 오해는 허지 마슈."

주만 아저씨가 침이 마르도록 오해하지 말라고 당부했다.

"거시기 말유. 여기 승운이 있잖유. 걔 어딨어? 안 보이네."

"왜? 우리 승운이가 어쨌간? 걔 점심 먹고 나갔어."

"승운이가 우리 집 사람 자는 데…."

"자는 데 뭐?"

"글쎄 걔가 우리 집 사람 자는 데 들어와서…."

"들어와서 뭐어?"

엄마의 목소리가 갈라져 있었다.

"들어와서 여기저길 만졌대유. 나가라구 소리 질러도 안 나가
구."

주만 아저씨 목소리가 떨렸다.

"누가 그려?"

아버지가 버럭 소리를 질렀다.

"우리 집 사람이 그류. 그때 놀래서 배가 아프다구 하루 죙일
드러누워 있슈."

"가만 있어봐. 그러니께 우리 승운이가 주만이 동생네 새댁을
자는데 들어가 더듬어서, 새댁이 놀래갖구 지금 드러눠 있다 이

말여?"

"그렇다니께유."

주만 아저씨 말에 아버지가 허! 하며 허공을 보고 탄식했다.

"급살 맞을 늠이 이제 별 개지랄을 다 허느먼."

엄마의 목소리에 노여움이 가득 담겨 있다.

"어떡헌댜? 새댁이 애기 가졌다며?"

"그래서 말유."

"아이쿠, 애 가졌으면 이거 큰일이네."

"그래서 그 일 땜에 왔슈. 이 일을 어떻게 해야 허나 싶어서."

주만 아저씨가 담배를 빼어 물었다.

엄마도 아버지도 아무 말이 없다.

주만 아저씨가 담배에 불을 붙여 연기를 한 입 뿜어냈다. 푸르
스름한 연기가 흔적도 없이 허공에 사라졌다.

"당신이 한 번 이 위 가서 새댁 얘기 좀 들어 봐."

아버지 말에 엄마가 그러겠다며 일어섰다.

한참 후 엄마가 돌아왔다. 엄마는 흥분해 있었다. 얼굴이 벌겋
게 달아오르고 콧구멍이 벌름거렸다.

"뭐랴?"

그때까지 마루에 앉아 있던 아버지가 물었다.

"뭐라긴. 이장 말대로여. 어제 낮에 자는데 우리 승운이가 들

어와 몸을 더듬길래 깜짝 놀래 일어나 나가라구 소리소리 질러
도 안 나가구 또 더듬으려고 혔댜. 그래서 뱃속에 애가 어떻게
됐는지 배가 아파 드러누워 있다다면."

"그래서?"

"그래서는 뭐가 그래서여? 배가 왜 아픈지 병원에 가 봐야겠다
고 허구, 성폭행이라나 뭐라나로 고소한다구 허더먼."

"고소? 누구를?"

"우리 승운이지, 누구여. 고소 안 당하려면 5백만 원 물어내
랴."

"뭐, 5백만 원?"

아버지가 벌린 입을 다물지 못했다.

"마른하늘에 날벼락도 유분수지, 고소는 무슨 고소고, 5백만
원은 또 무슨 5백만 원여?"

아버지가 소리를 버럭 질렀다.

"가만 보니께 그 여자 여간내기가 아녀. 겉보기엔 퉁퉁하니 순
뎅이 같으면서두 말하는 거 보니께 아주 닳고 닳았어. 우리 승운
이가 가뜩이나 몸도 성치 않은데 어떻게 그 방에 들어가 사람을
더듬었겠어. 말도 안되는 소리지."

엄마의 목소리가 퉁명스럽게 부어올랐다.

"들어가 만졌다는 증거는 있던감?"

"증거는 무슨 증거여. 그랬다니께 그런 줄 아는 거지."

"증거두 없이 무슨 고소여? 고소 헐 테면 허라구 혀. 그 병신 잡아다 죽이든 살리든 맘대로 허라구 혀."

아버지가 눈을 부라리며 마당에 가래침을 칵 뱉았다.

내 방에서 나왔다. 엄마와 아버지가 화가 나 어쩔 줄 몰라 했다. 아버지가 이 자식 어디 갔냐며 형을 찾았다. 그때였다. 대문이 비스듬히 열리고 형이 들어섰다.

형을 보자 아버지가 눌러놓은 용수철처럼 발딱 일어섰다. 다짜고짜 형한테 다가가 형을 몰아세웠다.

"너 저 위 주만이 아저씨네 부인 건드렸니, 건드렸어?"

갑작스런 상황에 형이 겁을 집어먹고 눈을 휘둥그레 떴다. 형이 하얗게 질린 얼굴로 아버지와 엄마를 번갈아 쳐다봤다.

"니가 그랬어?"

형이 아무 말 없자,

"이 병신. 아주 뒈져라 뒈져!"

아버지가 주먹으로 형의 머리를 쥐어박았다. 형이 얼굴을 찡그리며 뒤로 물러섰다. 아버지가 다시 손바닥으로 형의 목덜미를 후려쳤다. 형이 뒷걸음질 치다 발이 꼬여 제풀에 넘어졌다. 그러자 아버지가 마당가에 세워둔 나무다발에서 나뭇가지를 빼내 형을 매질하기 시작했다.

"이늠의 새끼. 아예 뒈져라 뒈져. 왜 안 뒈지고 속 썩이니?"

아버지가 이빨을 옹물었다. 아버지는 마구 욕을 해대며 닥치는 대로 매를 휘둘렀다. 아버지의 매가 인정사정없이 형의 몸에 떨어졌다. 얼굴이든 팔이든 다리든 가리지 않았다. 아버지는 이미 이성을 잃었고 두 눈이 분노와 절망으로 이글거리고 있었다.

땅바닥에 넘어져 매를 피하느라 버둥거리는 형은 손으로 머리를 감싼 채 울부짖었다. 벌레처럼 몸을 둥글게 말고 으아 으아 고함 섞인 비명을 질러댔다. 형의 얼굴이 피로 범벅이 되었다. 아버지는 아예 그 자리에서 형을 때려죽일 작정인 것 같았다.

다른 때 같았으면 아버지를 말렸을 엄마도 가만히 보고만 있었다. 아예 이런 일이 두 번 다시 일어나지 않도록 이번에 단단히 혼을 내줘야 한다고 생각하는 것 같았다.

내 가슴이 바짝바짝 타들어갔다. 나는 형이 불쌍했다. 아버지의 매가 형의 몸에 떨어질 때마다 나는 내가 맞는 것처럼 살갗이 섬칫섬칫했다. 주만 아저씨네 부인을 형이 겁탈하려고 했는지 어떤지는 잘 모르지만, 저렇게 심하게 매질을 당하긴 처음 있는 일이었다.

보다 못한 내가 엄마에게 달려갔다.

"아버지 좀 말려."

내가 엄마 손을 잡았다. 그제야 엄마는 꿈에서 깨어난 사람처럼 어, 하며 나를 돌아보았다.

"아버지 좀 말리라구."

내 목소리에 울음이 섞여 있었다. 내가 숨을 거칠게 쉬며 어쩔
줄 몰라 하자 그제야 엄마가 아버지에게 다가갔다.

"여보. 인제 그만 혀. 이러다 애 죽겠어."

엄마가 아버지의 팔을 잡고 늘어졌다. 아버지가 엄마 손을 홱
뿌리쳤다. 그 바람에 엄마가 마당에 나동그라졌다. 엄마가 다시
일어나 아버지 팔에 매달렸다. 그래도 아버지는 매질을 멈추지
않았다. 형이 으아 으아 고함을 지르다 꺽꺽 숨넘어가는 소리를
냈다. 형은 이미 반쯤 죽어 있었다. 바닥에 쓰러져 눈도 뜨지 못
한 채 숨만 헐떡거렸다.

"그만 좀 하라구요."

보다 못한 내가 아버지에게 달려들었다. 울부짖고 있는 내 눈
에 눈물이 글썽였다. 나는 아버지가 들고 있는 나뭇가지를 빼앗
아 힘껏 지붕에 던져 버렸다.

"아니, 그런데 이 자식이⋯."

아버지가 얼굴을 부르르 떨며 나를 노려보았다.

"그만해요, 그만!"

나도 이를 악물고 아버지를 노려보았다.

"여보, 인제 그만 혀. 그만하면 됐어."

엄마가 아버지의 팔을 다시 잡았다. 아버지는 그래도 분이 풀리지 않는지 거친 숨을 몰아쉬며 형을 노려보았다.

마루에 앉아 아버지가 마침내 으허허, 울음을 터뜨렸다.

"아이고, 내 팔자야. 저런 병신을 새끼라고 낳았으니, 어이구."

아버지가 울부짖으며 마루 기둥에 머리를 짓찧었다.

어느새 엄마도 흐느끼고 있었다.

아버지가 성큼성큼 걸어 대문 밖으로 나갔다.

엄마가 쓰러져 있는 형을 안아 일으켰다.

형은 피투성이가 된 채 바닥에 쓰러져 신음소리도 내지 못했다.

물을 떠다 형 얼굴을 씻어주는데 주만 아저씨네 집에서 아버지와 주만 아저씨가 싸우는 소리가 들렸다.

몸도 성치 않은 병신이 그럴 리 없다며 아버지가 고래고래 소리 질렀다.

형의 몸이 축 늘어져 있었다.

팔과 다리에 검붉은 매 자국이 흉측하게 엉겨 있다.

나는 형을 엎어다 방에 뉘었다.

형의 몸이 불덩이처럼 뜨거웠다.

사랑의 집

마을 분위기가 뒤숭숭했다.

사람들이 우리를 보는 눈길도 예전과 사뭇 달랐다. 한 마디로 아니 땐 굴뚝에 연기 나랴는 것이었다. 아무 일도 없었다면 왜 그런 말이 나왔겠냐는 눈치였다.

아버지는 주만이 아저씨와 말도 하지 않고 지냈다. 길에서 마주쳐도 서로 눈길을 피한 채 모르는 사람처럼 지나쳤다. 그러기는 엄마도 마찬가지였다.

형은 아버지에게 매질을 당한 후 방 안에서 한 발짝도 나오지 않았다. 아직도 몸에 멍 자국이 시퍼렇게 남아 있고, 터진 상처가 아물지 않았다.

형은 밥을 먹으라고 해도 고개만 힘없이 가로저었다. 오줌도

요강에 누었는데, 오줌에 피가 섞여 나왔다. 예전처럼 크게 고함
도 지르지 않았고, 방구석에 웅크리고 앉아 침만 질질 흘렸다.

주만 아저씨네 할머니가 우리 집에 왔다.

"5백만 원이 안 되면 3백이라두 혀 봐."

할머니가 마루턱에 앉아 엄마에게 말했다.

"누가, 새댁이 그렇게 허라구 시켰남유?"

엄마의 목소리에 노여움이 가득했다.

"아녀. 시키긴 누가 시켜. 내가 옆에서 보니께 안 됐어서 그러
지. 아이구, 나두 죽겄어. 아래 위 이우지 간에 이게 웬 일여. 3백
이 아니면 2백이라두 좋으니, 그렇게 해서 우리 집허구 화해 혀."

담뱃불을 붙이는 할머니 손이 가늘게 떨렸다.

"우린 그렇게 못허유. 배 아프다니께 병원 가서 진찰받는 건
우리가 해줄 수 있어두, 돈은 못 해줘유. 우리 애가 그렇게 했다
는 아무 증거가 없는디 말만 믿구 어떻게 그걸 다 해 준대유? 고
소한댔으니께 고소허라구 허유. 그리구 왜 병원 가서 진찰받자
구 해두 안 간대유?"

"그 속을 누가 알어? 그리고 우리 애가 밖에 나가는 걸 워낙 싫
어허잖여?"

"암만 그래두 그렇지, 병원 가자는 것두 안 가유?"

"아이구, 나두 몰러."

할머니가 손사래 치며 이맛살을 찡그렸다.

그 일이 있고 난 후 엄마는 한 가지 일로 바빴다. 아버지가 이번에 아주 형을 장애인 시설에 보내자고 했는데, 그걸 알아보는 일이었다.

엄마는 여기저기 전화를 걸었다.

하루는 면사무소에 직접 나가 사회복지계 담당자와 상의도 하고 왔다.

"뭐라고 그려?"

저녁 밥상에서 아버지가 물었다.

"별 말은 없어. 승운이 장애인 카드 있냐고 허길래 전에 대천병원 가서 냈다고 했지. 그러니께 그거 있으면 정신박약으로 인정돼 무슨 일을 저질러도 보호를 받긴 받는다. 그래 내가 얼마나 보호받냐고 했더니 자기도 자세히는 모른다면서, 정상 참작을 하긴 한다더면."

"정상 참작은 무슨 정상 참작여? 괜히 하는 소리지."

엄마 말에 아버지가 심드렁하게 말했다.

"그럼 이번에 고소당하면 어떻게 되는겨?"

"그건 몰러. 그러면서 이러데. 장애인들의 성적(性的) 집착이 여느 사람보다 더 강할 수 있다. 우리 승운이두 이제 나이가 그렇게 됐으니 앞으로 또 무슨 일을 저지를지 모른다는 겨. 그래서 시설 같은 데다 격리하는 게 좋겠댜."

엄마가 밥을 먹다 말고 가방에서 쪽지를 꺼냈다. 면사무소에서 적어 온 메모지였다.

"이리 전화해 보랴."

"거기가 어딘디?"

"여기도 내내 그런 사람들 있는 곳여."

"어디 있는 건데?"

"둘 다 천안이구먼."

엄마가 종이쪽지를 옆으로 밀어 놓았다.

"시설도 제각각이랴. 어떤 데는 어린 애들만 있구, 또 어떤 데는 여자만 있구. 어떤 데는 정신 장애자들만 있구, 또 어떤 데는 지체장애자만 있구, 다 다르댜. 우리 승운이 같은 애가 갈 데는 없어. 그리구 지금은 사람이 다 차서 얼마를 기다려야 헐지 모른댜."

"형을 진짜 시설에 보내려고?"

내가 놀라 말하자

"왜 싫으냐?"

엄마가 나에게 되물었다. 나는 얼른 대답을 하지 못했다. 어떻게 하는 게 좋은지 판단이 서지 않아서였다. 형이 집에 없으면 우리 집이 평화로울 것 같다가도 또 형이 불쌍하게 생각되었다.

"헐 수 없어. 이번 말 나온 김에 아주 시설에 보내여. 집에다 끈으로 묶어 놓을 수도 없구, 앞으로 맨날 이런 사고만 치고 댕길 텐데, 그걸 어떻게 감당혀?"

아버지가 결심한 듯 어금니를 꽉 물었다.

엄마는 형을 볼 때마다 눈물바람이었다. 몸도 성하지 않은데다 말도 못하는 형이 과연 시설에서의 생활을 견딜 수 있겠냐는 거였다.

엄마는 어떻게 해서라도 형이 밥을 먹을 수 있게 애썼다. 곰국을 고와 주기도 하고, 개고기를 사다 보신탕을 끓여주기도 했다. 그러나 형은 국물만 몇 번 후루룩 마실 뿐, 밥은 먹지 않았다.

엄마의 얼굴에 그늘이 짙어갔다. 혼자 있을 때면 멍하니 정신 나간 사람 같기도 했다. 예전 같으면 곧잘 웃기도 했는데 이제 웃음도 사라졌다. 게다가 땅이 꺼질 듯한 깊은 한숨을 자주 몰아쉬었다. 형 때문에 속이 타고 있음을 말을 안 해도 알 수 있었다.

하루는 엄마가 아침부터 화장을 하고 나섰다.

그동안 전화통화만 해온 장애인 시설에 다녀와야겠고 했다.

천안에 다녀온 엄마는 마음을 굳힌 것 같았다.

"내가 가 본 데가 두 군덴데, 한 군데는 조그만 가정집이더라. 사람도 몇 안 되구. 그리구 다른 한 군데는 '사랑의 집'이라는 덴데, 거기는 장애인들두 많구 시설도 번듯혀. 방바닥에 누워서 일

어나지 못허는 사람, 걷지 못해 기어 다니는 사람, 별별 사람이
다 있어. 우리 승운이보다 못한 사람도 많더라."

그러면서 엄마가 그곳 원장님 만난 이야기를 했다.

"원장님은 우선 승운이를 한 달 정도 사랑의 집에 두고 보자는
겨. 그러다 보면 과연 승운이가 거기 생활에 적응할 수 있을지
어떨지를 알 수 있다. 그런 다음 계속 둘 것인지 아니면 집으로
다시 데려갈 것인지를 결정하자더라."

엄마는 무엇보다 사랑의 집 원장님을 마음에 들어 했다. 무엇
보다 영리를 목적으로 시설을 운영하는 게 아니라, 정말 장애인
들을 위하는 마음에서 시설을 운영하는 것 같다며, 형을 사랑의
집에 보내자고 했다.

"한 달에 돈은 얼마나 내야 혀?"

잠자코 엄마 말을 듣고만 있던 아버지가 말했다.

"돈두 정해진 금액이 있는 게 아니라. 형편껏 내면 된다."

"그래두 얼마 내야 한다는 게 있을 것 아녀?"

"말은 안 하지만 가만 보니께 5, 60만 원은 내야겠데."

"뭐? 그렇게나 많이?"

엄마 말에 아버지가 끙, 입을 다물었다.

사기 결혼

그동안 아무 것도 먹지 않던 형이 조금씩 밥을 먹기 시작했다.

시간이 지나면서 주만 아저씨 부인이 고소하겠다는 말은 흐지
부지 되어 갔다.

엄마는 시간 날 때마다 형의 옷가지 등을 정리했다.

옷가지를 정리하면서 엄마는 넋두리처럼 혼잣말을 중얼거렸다.

"에그 불쌍한 자식…, 에그."

이런 말을 한숨 섞어 중얼거렸는데, 그럴 때마다 눈시울에 이
슬이 맺혔다.

"승운아. 너 천안 갈래?"

엄마가 울음 섞인 목소리로 물으면, 형은 으아 고함을 지르며
머리를 세차게 흔들었다.

"그려. 그러니께 엄마 말 잘 들으야 혀. 말만 잘 들으면 천안 안 보내여."

엄마가 형의 얼굴을 몇 번이나 쓰다듬으며 형을 끌어안았다.

엄마의 얼굴이 바짝바짝 야위어갔다.

눈가에 주름살이 거미줄처럼 살기살기 엉키었다.

그 점은 아버지도 마찬가지였다.

아버지는 술을 마셔도 나에게 잔소리를 하지 않았고, 묵묵히 일이나 할 뿐이었다.

나도 말없이 학교에 다녔지만 무엇에 짓눌린 듯 가슴이 답답했다.

나는 아직도 형이 시설에 가는 것이 좋은 일인지 어떤지 갈피를 못 잡고 있었다.

그렇게 하루하루가 흘러가던 어느 날.

마을이 발칵 뒤집혔다.

주만 아저씨 부인이 온다 간다 말 한 마디 없이 사라져 버린 것이다.

소 판 돈이며 통장이며 벼 수매한 돈, 심지어 주만 아저씨네 할머니가 짜놓은 베까지 돈 될만한 것은 모조리 쓸어 담아 사라진 것이다.

마을 사람들이 주만 아저씨네 집으로 몰려들었다. 나도 엄마와 함께 주만 아저씨네로 갔다. 주만 아저씨네 할머니가 마루에 주저앉아 아이고 땜을 놓으며 꺼억꺼억 울었다.

마구 헝클어진 머리칼의 주만이 아저씨가 실성한 사람처럼 멍하니 허공을 바라보고 있었다. 그러는 아저씨의 눈동자가 불안하게 흔들렸다.

"아니 그래, 어떻게 된 일이여."

사람들이 묻자

"아이구 아이구 내 팔자야, 그 년 땜에 우린 쫄딱 망했어. 어이구!"

주만네 할머니가 말을 잇지 못한 채 손으로 마루 바닥을 쳤다.

"이 사람, 주만이. 어떻게 된 일여?"

"글쎄 나두 뭐가 뭔지 모르겠슈. 엄니허구 들에 나갔다 와 보니…."

주만 아저씨가 손등으로 눈물을 훔쳤다. 그의 손이 부르르 떨렸다. 절망을 이기지 못한 주만이 아저씨가 고개를 팍 떨구었다. 두 손으로 마구 머리칼을 쥐어뜯으며 고통스러워했다.

"들일 할 때 나갔으면 아침나절에 나갔겠구면. 누구 본 사람 없슈?"

사람들이 서로서로 얼굴을 바라보았다. 그러나 누구 한 사람 보았다는 사람이 없었다.

"어떻게 갔을까?"

"걸어갔을 리는 없구."

"택시를 불렀나?"

"택시를 불렀으면 사람 눈에 띌 거 아녀?"

"거 참, 귀신이 곡할 노릇이군."

사람들이 저마다 한 마디씩 했다.

"지금까지 시집와서 한 번도 밖에 나오지 않았잖여?"

"그랬슈. 지금까지 한 번도 대문 밖에 나가지 않은 사람유. 그리구 어딜 간다구 혀두 그렇지 왜 돈허구 통장까지 들고 갔느냐 말유."

주만 아저씨가 절망스럽게 소리쳤다.

"소 판 돈이 전부 얼마나 되간?"

"3∼4천만 원 되유."

"통장엔?"

"통장에도 2천만 원 넘게 있었슈. 올 가을 벼 수매한 것까지 다 거기 넣었으니께."

주만 아저씨 말에 할머니가 우린 폭싹 망했다며, 목 쉰 울음을 꺼억꺼억 쏟아냈다.

"전화는?"

"전화두 해봤슈."

"그런데 안 받어?"

"안 받어유."

"거기 장모헌테 해 봐."

"거기두 안 받어유."

누군가가, 허 참 사람들, 하며 혀를 끌끌 찼다.

갖고 나간 돈이 모두 5, 6천만 원은 되겠다고 하자, 주만네 할머니가 악을 악을 써대며 주만이 아저씨에게 달려들었다.

"그러게 내가 뭐랬니. 소 팔지 말라구 그렇게 입이 닳도록 말렸잖여? 그예 이 꼴 볼려구 그 알토란 같은 소 다 팔아, 아이구….."

할머니가 입에 거품을 물며 주만 아저씨 팔을 잡고 늘어지자,

"누가 이리 될 줄 알았남유? 그리구 소두 나만 팔구 싶어서 팔았남유? 그 사람이 워낙 팔자구 졸랐으니께 판 거지. 어차피 애 낳으면 도시로 갈 거구, 또 소 값두 더 둬 봐야 소용없슈. 더 떨어지느니 지금 파는 게 낫지."

주만 아저씨가 신경질적으로 할머니 손을 뿌리쳤다.

"방을 다시 한 번 잘 찾아봐요. 무슨 메모 같은 거라도 남긴 게 있나."

그때까지 뒷전에서 보고만 있던 목사님이 말했다.

사람들이 웅성거리며 다시 한 번 방 안을 찾아보라고 했다. 누

군가가 주만 아저씨네 사랑방 문을 열었다. 아저씨가 신혼살림을 하던 곳이다. 방구석에 이불만 덩그마니 개어 있고 이렇다 하게 눈에 띄는 게 없었다. 텔레비전 옆 경대에 화장품 몇 개가 놓여 있을 뿐이다.

"그 문 닫어유."

주만 아저씨가 신경질을 내며 버럭 소리 질렀다.

"다들 집에 가슈. 무슨 큰 구경거리 났다구 여기서들 이러는 겨?"

주만 아저씨가 벌떡 일어나 손짓하며 모두 나가라고 했다. 웅긋쭝긋 서 있던 사람들이 하나 둘 빠져나갔다.

사람들이 돌아가고 엄마하고 목사님만 남았다. 엄마가 주만 할머니 손을 잡고 위로하는 동안 목사님이 대책을 의논했다.

"혼인신고는 했죠?"

주만 아저씨가 그렇다고 했다.

"그때 부인 호적등본 확인했죠?"

"확인했슈. 그리고 아무 이상 없으니께 신고가 됐쥬."

"아니 내 말은, 요즘 농촌 총각들 대상으로 결혼사기단이 있다고 해서. 전에 텔레비전에도 나오더라구요."

목사님 말에 주만 아저씨가 고개를 푹 떨구었다.

"처가가 어디라고 했죠?"

"강원도 철원유."

"가 봤어요, 거기? 결혼하고 나서."

"아니, 안 갔슈. 갈려구 했는데 장모님이 혼자 사는데 뭐하러 거기까지 오느냐고 다음에 오라구 해서."

목사님이 가만히 고개를 끄덕였다.

"우선 경찰에 신고부터 합시다."

목사님 목소리에 단호함이 배어 있다.

주만 아저씨가 머뭇머뭇 망설이자 목사님이 하루 이틀 더 기다려보더라도 우선 신고부터 하자고 했다. 주만 아저씨가 고개를 숙인 채 아무 말이 없다.

그 일이 있고 난 며칠 후 학교에서 돌아오니 엄마가 밖에 나와서 있다. 집 앞 버스 정거장에서 누군가를 기다리는 눈치이다.

"뭐해요, 여기서?"

나는 형을 찾느냐고 물었다. 엄마가 아니라고 했다. 그러면서 턱 끝으로 앞산을 가리켰다. 산비탈을 내려오고 있는 사람이 보였다. 주만 아저씨네 할머니였다.

"너 먼저 들어가라. 나는 이 위 아줌니허구 얘기 좀 허게."

엄마가 나보고 먼저 들어가라고 했다.

형은 집에 있었다. 헛간 추녀 밑에서 손톱을 물어뜯고 있었다. 침을 흘려 턱과 가슴팍이 지저분했다. 빨랫줄에 걸린 수건으로 형 입을 닦아주었다.

어디 갔다 오냐는 엄마 말에 소 밥 주고 온다고 할머니가 말했다.

"신고는 했남유?"

"신고 했어. 어제 경찰서에서 나와 조사두 해갔어."

"뭐래유?"

"뭐래긴? 아무래도 사기 당헌 것 같다구 허데."

"사기유? 세상에! 결혼해서 사기 친다는 말은 처음 들어보네."

엄마가 쯧쯧 혀를 찼다.

"누가 아니래여? 그 잡아 죽일 년이, 그러니까 처음부터 그 장모 년이라나 허구 짜구서 우리 주만이헌테 뎀벼든 겨."

"아니, 애두 뺐잖유? 애 낳으면 도시 가서 살 거라면서유?"

"그랬지. 그러면서 소 판다기에 나랑 싸움두 여간 한 게 아녀."

"참말로 무서운 세상이네. 애까지 배면서 사기를 치니."

그러면서 엄마가 주만이 아저씨 결혼한 지 얼마나 됐냐고 물었다.

"아직 두 달도 다 안 됐어."

"애는 확실히 뺐남유?"

"뺐지. 요새 입덧도 했는 걸."

"입덧유? 그거야 애 안 갖구두 허는 척 헐 수 있잖남유?"

"몰러. 누가 그 속을 열어 봤간?"

"아니, 진짜 애를 가졌으면 어떡한대유?"

"뭘 어떡혀? 그 년이 애를 낳겠남? 병원 가서 긁어내겠지."

"참, 천벌을 받을 사람들이네. 어떻게 결혼을 해서 사기를 쳐!"

엄마가 기가 막힌 듯 혀를 내둘렀다.

할머니가 넋두리하듯 소도 몇 마리 안 남았다고 중얼거렸다.

"처음부터 사기 칠려구 작정했으면 아마 호적등본도 위조했을 겨."

저녁 밥상에서 아버지가 말했다. 아버지는 여러 정황으로 보아 틀림없이 사기 당한 것이라고 확신했다.

"주만이 이장 지금 집에 있나?"

"집에 없다. 강원도 처가라는 데 갔는디, 거기두 아무도 없더라."

엄마가 말하며 형 밥을 큰 그릇에 펐다. 밥이 뜨거워 식히기 위해서였다.

"그럼 어디 갔어?"

"모르지. 그 년들 잡아 죽인다구 나갔다니께."

"허, 참! 정말 무서운 세상이네. 아니 그래, 할 게 없어서 결혼을 갖구 사기를 쳐?"

아버지가 탄식 섞인 목소리로 말했다.

"그럼 형에 대한 얘기도 다 거짓말이었네?"

내가 이해할 수 없어 한 마디 하자, 엄마가 그 년 땜에 우리 형만 잡을 뻔했다며 버럭 화를 냈다.

"그 화냥년이 글쎄 무슨 맘으로 그런 거짓말을 했는지 몰러."

"무슨 맘은 무슨 맘? 다 돈 보고 그런 거지."

"돈도 처음엔 5백 달랬다가 3백 달라고 했잖여?"

"그거라두 받아갖구 가려구 그런 게지."

"아니 소 판 돈에다 벼 수매한 돈, 그리고 통장에 있는 것까지 합치면 5, 6천이 훌쩍 넘는다는데, 그깟 3백 땜에 그런 개지랄을 혀?"

엄마가 김치찌개 국물에 밥을 썩썩 비비며 분해했다.

"그것까지도 챙겨 가려구 그런 거."

아버지가 보리차로 쿨럭쿨럭 입을 가셨다.

"그 개 같은 년. 내 손에 잡히기만 하면 그냥 안 둘 겨. 그 잡아 죽일 년 땜이 우리 승운이만 죽다 살아났잖여?"

엄마 말에 아버지가 큼큼 헛기침을 했다.

엄마가 옆에 있는 형 얼굴을 쓰다듬었다. 형이 침을 흘리며 빙긋이 웃었다.

"네가 안 그랬다구?"

엄마가 밥을 비비며 말하자, 형이 곧바로 응, 대답했다.

"그려 이뻐. 여기 상 옆으로 바짝 와서 먹어. 밥풀 하나두 흘리지 말구."

엄마가 밥그릇을 형 앞에 놓아 주었다. 형이 주춤주춤 앞으로 다가와 밥을 먹기 시작했다. 수저를 삐뚜름히 움켜쥐고 밥을 퍼 입에 넣었다. 밥의 절반 이상을 입 밖으로 흘렸다.

"이리 바짝 와 흘리지 말구 먹어."

엄마가 역정을 내며 수저로 흘린 밥풀을 쓸어 담았다.

형이 꾸역꾸역 밥을 퍼 입에 밀어 넣었다.

새로운 결정

기말고사가 끝난 금요일 오후.

우리는 만두빛어반 수료식을 가졌다.

6교시 후 청소를 마친 나는 1학년 1반 교실로 갔다. 선생님은 아직 오시지 않았다. 만섭이와 종민이는 벌써 와 있다. 3학년 누나들도 하나 둘 들어온다.

"너 시험 잘 봤다며?"

종민이 나를 보고 환하게 웃었다. 3학년 누나들 시선이 나에게 쏠렸다.

"어, 약간."

내 어깨가 으쓱 올라가는 기분이다. 사실 지난 번 중간고사보다는 기말고사 시험을 잘 봤다. 특히 취약과목인 수학과 과학에서 점수가 어느 정도 나와 평균이 올라갔다.

만섭이가 옆에 와 언제 한 턱 쏘라고 추근댔다.

종민이가 귓속말로 동영상 새것 하나 구워놨으니 언제 자기 집에 가자고 했다.

"앗싸! 그날 쏘면 되겠네!"

만섭이가 펄쩍 뛰며 교실이 떠나가도록 소리쳤다. 누나들이 눈살을 찌푸리며 우씨 뭐야, 눈을 흘겼다.

선생님이 들어왔다. 선생님은 마인드 비전 책 외에 코팅한 수료증과 카메라를 들고 오셨다.

"자, 자리에 앉자. 내가 좀 늦었지? 미안!"

선생님 말에 우리는 책상을 둥글게 배치했다.

선생님이 우리를 죽 둘러보았다. 눈으로 출석을 확인하는 것 같았다.

"다 왔구나. 오늘이 우리 마인드 비전 반, 아니 만두빚어반 마지막 날인데 한 사람도 빠지면 안 되지."

선생님이 얼굴 가득 미소를 머금었다.

"오늘 진행에 대해 간단히 말할 게. 오늘 수료식은 먼저 일 년 동안 마인드 비전을 같이 해 온 소감에 대해 간단히 발표하고, 수료증을 전달한 다음, 음식이 오면 같이 먹는 걸로 한다."

음식이란 말에 아이들이 와 환호했다.

"뭐예요? 탕수육이에요?"

"떡볶기 튀김, 이런 거예요?"

"아이스크림은 없어요?"

"만두빚어반이니까 만두를 먹어야지."

아이들이 제각각 와자하게 말했다.

"음식은 조금 있으면 배달될 텐데, 맛있는 게 오니까 기대해도 좋아."

그러면서 선생님이 그동안 마인드 비전을 한 소감에 대해 말해보라고 했다.

우린 돌아가며 한 사람씩 발표했다.

"저는 마인드 비전을 하면서 특히 성격이 조급했는데, 한 번 더 느긋하게 생각하게 되었습니다. 다혈질적인 제 성격을 한 번 더 참아보게 되었어요. 그리고 저는 평소에 상당히 이기적이고 남을 잘 무시했는데, 마인드 비전을 하면서 많이 고치게 되었습니다. 그런데 3학년이라 졸업하면 더 못하게 될 것 같아 아쉽습니다."

3학년 김이슬 누나였다. 누나의 얼굴이 발갛게 달아올랐다. 우리 모두 박수를 쳤다. 선생님도 얼굴 가득 미소를 지었다.

"제 생활에도 변화가 왔는데요. 많이 침착해졌고, 무슨 말이든 한 번 더 생각해 보고 한다고 할까? 아무튼 그런 버릇이 생긴 것 같아요. 전 2학년이니까 내년에도 마인드 비전 반이 생겼으면 좋겠어요."

2학년 최소연이었다. 1학기 때 털 때문에 고민한다는 '나의 콤플렉스'라는 글을 발표해 칭찬을 받았던 아이다.

"저는 처음에 2학년과 3학년이 같이 한다고 해서 참 어색했습니다. 그리고 과연 제가 제대로 따라갈 수 있을지 고민이 됐구요. 그런데 유인물에 나와 있는 대로 차근차근 발표도 하며 따라가니 그런대로 편하게 할 수 있었습니다. 그동안 학교생활을 하면서 가슴 속에 답답한 것들이 많이 쌓였는데, 발표를 하다 보니 그런 게 많이 줄었습니다."

내 옆의 종민이가 발표했다. 종민이는 줄곧 선생님을 바라보며 말했다. 선생님이 종민이에게 고모는 지금 어디 계시냐고 물었다. 종민이 몸이 나아 다시 죽전원에 갔다고 하자, 선생님이 고개를 끄덕였다.

다음은 내 차례였다.

나는 순간 귓불이 화끈 달아올랐다. 자리에서 일어났다. 가슴이 쿵쾅쿵쾅 뛰었다.

"저는 마인드 비전을 통해 제 마음속의 부끄러움을 극복하게 되었습니다. 사실 저에게는 형이 한 분 있는데, 장애인이거든요. 지금 학교 다니면 고3이나 대학생쯤 됐을 텐데…, 음,… 말을 못하고, 그리고…, 잘 걷지도 못하고…."

여기까지 말했는데 숨이 차서 더 이상 말을 할 수 없었다.

아이들이 동그랗게 눈을 뜨고 나를 지켜보았다.

교실엔 소음 하나 들리지 않고 무거운 정적이 흘렀다.

"그런데 얼마 전에 음, 형이….."

나도 모르게 눈에 눈물이 핑 돌았다. 목이 막히고 떨려 더 이상 말이 나오지 않았다.

선생님이 조용히 자리에서 일어났다.

"구승재. 자리에 앉아."

선생님이 말했다. 그러면서 선생님이 나를 대신해 형이 행방불명 됐었다는 것, 그 때 형을 찾는다는 전단지를 전교생에게 돌리려고 했다는 것 등에 대해 말해주었다.

"아마 승재가 말한 마음속의 부끄러움이란 장애인인 형에 대해 다른 사람 앞에서 감추고 싶어 했던 그런 마음일 거야. 그런데 마인드 비전을 통해 그런 마음을 극복할 수 있었다는 거지."

선생님이 그러냐며 물었다.

내가 말없이 고개를 끄덕였다.

"자, 비록 형을 찾게 되어 전단지를 돌리진 않았지만, 힘든 결정을 해야 했던 승재를 위해 우리 다 같이 박수를 쳐 주자."

선생님 제안에 우뢰와 같은 박수가 쏟아졌다.

소감 발표에 이어 수료증이 전달되었다.

수료증은 3학년부터 전달되었다.

"수료증. 3학년 1반 김이슬. 위 사람은 남양중학교에서 실시한 계발활동 '마인드 비전' 반에 참여하여 마련된 교육 내용을 성실히 공부함으로써, 나를 알고 다루고 나눌 줄 아는 사람이 되어, 늘 평화로운 마음으로 공동체의 선(善)에 따라 생활할 수 있는 사람이 되었기에 이 증서를 드립니다."

선생님이 밝은 목소리로 수료증을 읽었다.

"여기 수료증 아래 내 이메일 주소도 있으니 졸업 후 보고 싶으면 언제든지 연락해."

그러면서 선생님이 이메일 주소를 읽었다.

음식이 배달되었다.

떡볶기 튀김 만두 등이 책상에 느런히 놓였다.

아이들이 환호성을 지르며 야단법석이다.

선생님이 음식 먹기 전 기념촬영을 하자고 했다.

"자, 이쪽에 와서 서. 그쪽은 좀 좁히고. 그리고, 얼큰이, 얼굴 큰 애는 알아서 뒤로 가세용."

선생님 말에 아이들이 와그르 웃었다.

며칠째 주만이 아저씨가 보이지 않았다.

주만 아저씨네 할머니만 소에게 사료를 주기 위해 축사에 오르내렸다.

아버지가 읍내에 나갔다 오면서 돼지 족을 사 왔다.

주만 아저씨네 소 사료가 떨어져 주만네 할머니가 아버지에게 부탁했는데, 소 사료를 주문하면서 돼지 족을 사온 거였다.

솥에서 돼지 족이 펄펄 끓었다.

부엌에서 파를 다듬던 엄마가 이 위 가서 주만네 할머니를 모셔 오라고 했다. 사람도 없는 집에 할머니 혼자 밥을 먹을 텐데, 그러느니 내려와 뜨끈한 국물에 밥 한 술 놓아 드시라는 것이다.

할머니가 집에 왔다.

그릇에 시뻘건 김장 김치를 한 대접 들고 왔다.

"뭘 이런 걸 갖구 오슈."

엄마가 달려 나가 그릇을 받았다.

"이거라두 갖구 와야지 뭐 먹을 게 있남?"

할머니가 부엌으로 들어섰다. 그러는 걸 아버지가 방으로 들어가시라고 했다.

"얼른 들어가슈. 부엌은 추워. 밥은 다 됐고, 마늘만 찧어 국에 넣으면 되니께."

엄마가 할머니에게 말했다.

"사료 다 떨어졌남유?"

"뒤 부대 남았어두 내일 하루 주고 나면 없지, 뭐."

208

주만네 할머니가 맨손으로 방바닥을 더듬으며 앉았다.

방 안에서 이렇게 가까이 주만네 할머니를 보기는 처음이었다. 이웃에 살면서 매일 보아 왔지만, 가까이에서 보는 할머니의 모습이 문득 낯설게 느껴졌다.

수건을 머리에 쓴 할머니의 허리가 동그마니 꼬부라졌다. 할머니의 키가 내 어깨에도 미치지 못했다.

"주만이 이장 헌테는 연락 없남유?"

"아무 연락 없어."

"전화두 안 되구유?"

"전화두 되다 안 되다 그려."

"어디 가서 그 잡것들을 잡는다구 그런대유?"

"잡긴 뭘 잡어? 그 중매쟁이헌테 가서 따진다구 했쌌더면, 따지긴 뭘 따져? 다 한통속인 걸. 벌써 내뺐지."

할머니 눈자위가 눈물로 짓물렀다.

엄마가 그릇을 챙겨들고 방에 들어왔다. 뚜껑을 열자 펄펄 끓는 솥에서 허연 김이 타래져 올랐다. 구수한 돼지 족 냄새가 방 안 가득 퍼졌다.

구석에 쭈그리고 있던 형이 어어 하며 손가락으로 벌린 입을 가리켰다.

"그려, 알았어. 우리 승운이두 많이 줄 게. 거기 가만히 앉아 있어.”

엄마가 국을 푸며 말했다.

“마늘은 국에 들어갔으니께 파만 넣어 드셔유.”

엄마가 할머니 앞으로 파 그릇을 밀어준다.

돼지 족은 언제 먹어도 맛있다. 입에 달라붙는 뽀얀 국물도 일품이지만 쫀득쫀득 감칠 맛 나는 살점도 맛있다.

옆에 있는 형이 으아 으아 하며 빨리 달라고 한다.

엄마가 지금은 뜨거워 못 먹으니 조금 기다리라고 한다.

“승운네 헌테 미안해서 어쩐댜.”

할머니가 밥술을 뜨다 말고 엄마를 돌아보았다.

“그 잡년헌테 속아서 애헌테 몹쓸 짓을 해서….”

할머니가 형의 손을 꼭 잡았다. 형이 침을 흘리며 빙긋이 웃었다.

“내가 잘못했다. 이 늙은이가 주책없이, 쯧!, 그년 말만 믿구…. 승운아 미안허다. 음, 미안혀.”

할머니가 투덕투덕 형 머리를 쓰다듬으며 눈물지었다.

“그만허구 얼른 국이나 드슈. 이미 다 지난 일인 걸.”

“아녀. 내 이 말은 꼭 헐라구 혔어. 이 날 이 때까지 내 누구헌테도 손톱만큼 해 끼치지 않구 살았는디, 내가 미쳤지, 미쳤어. 말두 못허는 애헌테 그런 말을 허다니.”

할머니가 정색을 하며 말했다.

"그 일은 인제 그만 잊구 그 도둑년이나 빨리 잡으셔유. 훔쳐
간 게 적기나 헌가."

"그것들 잡기는 다 틀렸어. 내빼서 어디 콱 쳐박혀 있을 텐디,
무슨 수로 잡어."

"사기 당한 돈이 아까워 허는 소리지유."

"헐 수 없지. 팔자 사나워 그런 걸 어떡헌다나."

그러면서 할머니가 주만 아저씨나 빨리 돌아왔으면 좋겠다고
했다.

할머니가 돌아간 후 형은 뒤늦게 혼자 밥을 먹었다.

텔레비전에서 여덟시 반 연속극이 시작되었다.

엄마 아버지 모두 연속극 광이었다.

나도 옆에 앉아 연속극을 보았다.

뒤에서 형이 밥 먹는 소리가 들렸다.

"저기, 여보."

연속극이 끝나갈 무렵 엄마가 아버지에게 말했다.

"우리 승운이 시설에 꼭 보내야 허나?"

엄마의 목소리가 착 가라앉았다.

"왜? 안 보내면?"

아버지가 의외라는 듯 눈을 동그랗게 뜨고 엄마를 바라보았다.

"아녀. 나두 이번 기회에 시설로 아주 보낼려구 결심했는데, 글쎄 암만 생각해두 그게 잘 허는 일인가 싶어서⋯."

"잘 허는 일이든 아니든 보내야지 어떡혀?"

아버지가 꿍, 하며 눈길을 텔레비전에 주었다.

"승재, 네 생각은 어떠냐?"

엄마가 나를 돌아보며 물었다. 엄마의 결심이 흔들리는 것 같았다.

"나요? 음⋯, 나야 뭐."

나는 솔직히 형을 시설에 보냈으면 싶었다. 형 때문에 우리 가족이 겪는 고통의 무게를 생각하면, 그리고 형 때문에 우리 집이 늘 긴장하며 사는 것을 생각하면, 차라리 형이 없었으면 하는 마음을 부정할 수 없었다.

내가 말을 못 하고 우물거리자,

"보냈으면 싶은감?"

엄마가 확인하려는 듯 물었다.

"꼭 그런 건 아니지만, 이왕 그러기로 한 것 한 번 보내보는 것도 괜찮을 것 같은데. 전에 사랑의 집 원장님이 그랬다며? 우선 한 달 정도 있어 보면서 더 있을 것인지 아닌지 결정은 그때 가서 해도 된다고. 그리고 형이 보고 싶으면 면회 가면 되잖어?"

내 말에 등을 구부리고 텔레비전을 주시하던 아버지가 자세를 똑바로 고쳐 앉고 말했다.

"왜, 당신 생각은 어떤디?"

"따지고 보면 우리 승운이 시설로 보내기로 결정한 것두 모두 주만네 그 여자 땜에 아녀? 괜히 그 년이 승운이가 겁탈하려구 헌다구 해서. 하지만 이제 완전 사기로 드러났잖여? 그런데도 승운이를 시설로 보낸다는 게 좀…."

엄마가 한숨을 길게 내쉬며 눈을 깜작거렸다.

아버지가 아무 말도 하지 않고 다시 텔레비전에 눈길을 주었다.

9시 뉴스를 하고 있다. 화면에 타이어 재생 공장에서 불이 나 지금까지 불길이 잡히지 않는다며, 맹렬히 타오르는 불길을 보여주고 있다.

"그려 그럼, 가더라두 올 겨울이나 지내구서 가도록 혀. 날두 이제 본격적으로 추워질 텐데, 거기 가면 암만해두 고생이지."

아버지가 텔레비전 소리를 줄이며 말했다.

"애가 성한 애두 아니구 솔직히 나두 데리고 있을라면 힘든 게 사실이다. 봄이나 가을 같이 눈코 뜰 새 없이 바쁠 때는 밥두 제대루 못 챙겨 주니께. 그렇다구 늬 아버지가 하나라두 거들어주는 줄 아니? 승운이 일이라면 손끝 하나 까딱 않는다. 먹고 입고 자는 것까지 전부 다 내가 봐 줘야 허니께. 그래두 요새는 네가 일요일마다 승운이 방 청소라두 해줘서 좀 낫더라. 승재 네가 그렇게 조금씩만 거들어 줘도 한결 수월혀."

엄마가 말하다 말고 구석에서 졸고 있는 형을 바라보았다. 엄마가 형이 흘린 밥풀을 주워 밥그릇에 담았다.

"내가 난 자식 내가 거둬야지 누구에게 맡기겠니? 나허구 아버지허구 아직 젊어서 데리구 있을 만헌데 누구헌테 맡기겠어? 면사무소 직원은 장애자일수록 성적(性的) 집착이 강해서 사고를 많이 친다지만, 우리 승운이 같은 애는 사고 치라고 해두 못 칠 애여. 문 열구 방에 들어가는데 삼십 분두 더 걸리는 애가 어떻게 남의 여자를 겁탈혀? 말두 안 되는 소리지."

엄마의 눈에 어느새 이슬이 맺혔다.

나도 코끝이 찡해졌다.

방 안의 공기가 무거워졌다.

"그럼 우선 이렇게 혀. 천안 사랑의 집에 전화 걸어 올 겨울이나 넘기구 다시 결정하기로 했다구 혀."

아버지 말에 엄마가 고개를 끄덕였다.

엄마가 코를 킁킁대며 휴지를 찾았다. 텔레비전 위에 있는 화장지를 내려 드렸다. 엄마가 휴지를 뽑아 코를 팽 풀었다. 그러면서 내 손을 잡고 말했다.

"승재야, 네 손은 괜찮으냐? 전에 승운이가 물어서 이빨자국 흉터 생겼잖여?"

엄마 말에 내가 손등을 내려다보았다. 손등에 이빨자국이 허옇게 남아 있다.

"아무렇지 않아요. 조금 있으면 흉도 지워지겠지."

내가 엄마 앞에서 손을 구부렸다 폈다 해 보였다. 엄마가 내 손을 잡고 손가락으로 손등을 쓰다듬었다. 거친 엄마의 손길이 내 손에 전해졌다. 엄마의 얼굴이 무거운 짐을 내려놓은 사람처럼 편안해 보였다.

"승운아. 일어나 네 방 가서 자."

엄마가 벽에 기대어 잠들어 있는 형을 깨웠다. 형이 으아 하며 신경질을 부렸다.

"아서, 그러지 마. 잠은 네 방 가서 자야지. 여기서는 아버지허구 엄마 자야잖여?

엄마가 달래도 형이 으으 짜증을 냈다.

"말 잘 들으야 엄마랑 같이 살어. 이눔으 자식, 어서 일어나."

엄마가 손바닥으로 형 얼굴을 쓰다듬었다.

형이 버르적거리며 일어났다. 옆으로 기우뚱 넘어지려는 것을 내가 얼른 부축했다.

방문을 열고 마루로 나왔다. 얼음조각 같은 달이 밤하늘 한가운데 박혀 있다. 몸이 오싹 떨린다. 형을 부축해 끝방으로 갔다.

"자다가 오줌 마려우면 얼른 일어나 여기다 뉘."

엄마가 요강을 들여놓았다.

형이 이부자리에 누워, 응 하고 대답했다.

버석거리는 요를 들추고 방바닥에 손을 넣어 보았다. 바닥이
미지근했다.

"오늘 저녁 눈 온다고 했지?"

내 말에 엄마가 그렇다며 보일러 스위치를 올리라고 했다.

스위치를 올리자 보일러가 와르릉 돌아갔다.

엄마가 형 턱 밑까지 이불을 끌어 덮어 주었다.

사정없이 불어대는 찬바람에 문풍지가 우릉우릉 떨렸다.

초판 서문

7월이다. 집 뒤 산언저리 풀과 나무들이 싱싱하다 못해 검푸르다. 바람이 불면 물기를 머금은 잎싶들이 고생대의 숲처럼 마구 술렁인다. 올봄 붓끝으로 찍은 작은 점 만하게 싹 터 나올 때부터 나는 이것들을 보아왔다.

마른장마 끝 폭우가 내렸다. 남쪽에서 올라온 태풍의 영향이다. 우산을 챙겨들고 나왔는데, 처음엔 한두 방울 떨어지는가 싶더니 대번에 장대비다. 땅과 풀과 나무와 하늘이 흠씬 젖는다. 들이치는 비바람에 나도 흠씬 젖는다. 비에 젖은 바짓가랑이가 장딴지에 달라붙고 팔뚝과 이마에 빗방울이 튄다. 천지간을 가득 메운 장쾌한 빗소리.

자귀나무 가지가 빗물에 젖어 축 늘어져 있다. 달맞이꽃이, 참나리 줄기가 비바람에 꺾여 널브러져 있다. 그런데도 싱싱하다.

그 싱싱한 풋것들을 악동처럼 갈갈갈 웃으며 밟고 가는, 갑자기 불어난 흙탕물.

그래, 지금쯤 아마 '그 집'도 비에 젖고 있겠지. 뿌연 비안개 속에 무장해제당한 병사처럼 속수무책으로 비에 젖고 있을 거야. 그 집, 내 생이 오래 머물렀던 집. 지금은 사람이 살지 않아 풀과 바람과 햇빛이 뒤엉켜 있는 집.

그 집은 나에게 인생이란 긴 길을 여행하는 기차이자, 그 기차가 머물던 간이역이었다. 나는 그 기차의 어느 칸엔가 타고 있었고, 내 옆엔 나와 가장 가깝고도 소중한 이들이 앉아 있었다. 가족이란 이름으로, 혹은 이웃이란 이름으로.

그러나 그들 중 많은 이들이 언젠가, 어느 역에선가 내려 버렸다. 기차는 그들을 내려 놓고 아무 일 없다는 듯 또 어디론가 달려가고, 그들이 없는 기차 안에서 나는 한동안 무량한 슬픔과 허기에 젖어 있었다. 침묵에 둘러싸여 침묵이 아니고서는 만나 볼 수 없는 그들.

이 소설은 중학교 2학년 학생인 '구승재'라는 아이의 눈을 통해 본 그네들의 이야기이다. 성장하느라 팔다리가 길어 몸의 균형이 잘 맞지 않는, 코밑이 거뭇거뭇한 평범하기 이를 데 없는 승재. 그러나 큰형이 장애인이기에 겪는 마음고생과 열등감을 숨기고 있는 승재. 그런 아이가 결국 주위 사람과의 관계를 통해 열등감을 이겨내고 건강하게 자라난다는 이야기이다.

　누군가 이렇게 물을지도 모르겠다. 이 소설에 나오는 구승재라는 아이와 나는 어떤 사이냐고. 혹은 이 소설에 나오는 이야기가 모두 실제로 있었던 일이냐고. 거기에 대한 나의 답은 이렇다. 먼저 구승재와 나는 어느 면에서는 같고 또 어느 면에서는 전혀 다르다. 그리고 여기 나오는 이야기에 내 체험이 아주 없다고는 말하지 못하겠다. 소설이란 작가의 체험을 벽돌로 찍어 놓은 집이라는 점에서.

　끝으로 이 책이 나오기까지 남다른 열정을 보여 준 실천문학사 편집부 여러분과, 그림을 그린 노정아 님, 끝내 연락이 닿지 않아 그대로 글을 실을 수밖에 없었던 학생들에게 깊은 감사의 마음을 전한다.

2008년 7월 어느 날

천안에서, 조재도

개정판 서문

초판이 나온 지 10년이 넘었다. 그동안 쇄를 거듭할 때 출판사에서 수정할 게 있으면 하라고 연락을 해왔지만 그냥 두었다. 한 번 봉인해 땅에 묻은 기밀문서처럼 열어 보지 않았다. 아니 열어 보지 않은 게 아니라 열어 볼 마음조차 갖지 않았다. 그 안에 들어 있는 슬픔과, 한 사람과의 인연과, 그 인연에 얽힌 이야기들을 마주하고 싶지 않아서였다. 그렇게 한 해 두 해 지나 십 년이라는 세월이 흘렀고, 이제 그 이야기와 그 슬픔의 음영에서 많이 벗어나 있다 싶었는데, 개정판 작업을 하느라 다시 읽으니 마음은 다시 격렬하게 사무치고 길을 잃는다.

결국 이렇게 벗어나려 해도 한 번 붙들린 이상 벗어날 수 없는 게 인생이려니 한다. 그렇게 외면하려다 외면하지 못하고, 삭히려다 삭히지 못하고, 숟가락처럼 옴폭 파인 가슴에 오래 깊이 들

앉아 생의 종착까지 갈 수밖에 없는 게 생에는 있는가 보다, 싶은 거다.

십 년이 지나는 동안 시골집 부뚜막은 벌써 무너졌고, 다홍빛 불꽃에 쉭쉭 허연 김이 타래쳐 오르던 무쇠 솥엔 벌건 녹이 더께지게 끼었다. 풀로 뒤덮인 앞마당도 무연히 햇살만 놀다가는 뒤꼍의 장독대도 자연으로 돌아가려는 채비를 이미 마쳤는지, 삭아 실금이 째깃째깃 간 문창호지처럼 한 해 두 해 소슬하게 잔영만 짙어간다. 그 집도, 그 집에 살았던 사람도, 그 집이 품고 있던 여러 이야기들도, 날이 갈수록 더욱더 소멸의 길로 기울어지는 것이다.

다만 한 가지 위안이 있다면 이 책이 십 년이란 세월을 건너와 다시 작은숲출판사에 둥지를 틀게 되었다는 점이다. 그 일이 가능한 것은 오로지 그동안 이 책을 읽고 마음의 구석쟁이에 재미라면 재미, 의미라면 의미, 감동이라면 감동을 조금이나마 느꼈을 독자 분들이 있어 주었다는 것이다. 그 결에 힘입어 개정 작업을 하니, 내 마음의 겨울에 따뜻한 입김을 불어넣어 준 그 분들이 새삼 고마울 따름이다.

눈이라도 올 듯 잿빛 하늘이 새치름히 흐리다.

2019년 5월

조재도